花鸟虫鱼问答丛书

插花技艺 100 问

● 祝基群

福建科学技术出版社

三角形

等腰三角形

扇形

圆形

球面形

弧线形

菱形

S 形

L 形

倒 T 形

水平形

蝶形

椭圆形

大堆头式

大堆头式

伞形

● 容 器 篇 ●

命题:玫瑰醇酒夜光杯
容器:玻璃花瓶、酒壶、酒杯

命题:柔
容器:陶瓷 S 形高脚瓶

命题:相映
容器:长颈瓷罐

命题:硕果

容器:鱼盘、西瓜

命题:祝福

容器:双层月饼盒

命题:白毛浮绿水

容器:白瓷鸭形容器

命题:鸟语花香

容器:竹编花篮

命题:满载而归

容器:由吹塑纸制作

命题:夕阳红

容器:塑料圆筒

命题:南国风光

容器:陶瓷大花瓶

命题:延年图
容器:双耳双环白瓷花瓶

命题:一帆风顺
容器:绿色玻璃笔洗、大理石盆景盆

命题:顾盼生姿
容器:黑釉陶瓷弯形花瓶

命题:锦上添花
容器:蓝色玻璃球形花器

命题:飞鸟依人间
容器:圆形黑色水仙盆、黑色花枝形
　　　烛台、绿色玻璃球形笔洗

命题:同舟共济
容器:黑色椭圆形水仙盆

命题:高情逸态

容器:玻璃量筒、高脚酒杯

命题:旋律

容器:细高陶瓷瓶

命题:翱翔

容器:黑釉陶瓷弯形花瓶

命题:翩然停栖

容器:黑釉陶瓷弯形花瓶

命题:杯壶生辉

容器:透明树脂浮花花具

命题:探春

容器:玻璃高脚酒杯

命题:亭亭玉立　容器:红色玻璃灯罩　　命题:流畅　容器:立挂两用双口瓶

命题:仙葫溢香
容器:陶瓷葫芦瓶

命题:比翼双飞
容器:塑料杯

命题:腾空而起
容器:黑色圆口水仙盆

命题:野旷天低树,江清月近人
容器:陶瓷盆景盆

命题:山归来
容器:青花茶壶

命题:日荷朵朵
容器:瓷碗

命题:篱外之春
容器:栅板、桧木板、剑山盒

命题:劲挺冲霄际
容器:塑料长方盒

命题:辉煌
容器:金色高脚花器

命题:姹紫嫣红
容器:陶瓷鱼形花器

命题:非洲姑娘

容器:头形容器

命题:姿色

容器:陶瓷盆景盆

命题:兰兰幽香夜

容器:玻璃酒杯

命题:烛下纯情

容器:高脚烛台

命题:丰收
盛花物:剑山盒、吹塑纸

命题:攀
盛花物:花泥、防水性包装纸

命题:农家 茅舍图
盛花物:吹塑纸、花泥

命题：乡野
盛花物：木板、竹、
花泥、吹塑纸

命题：浪淘沙
盛花物：花盆、花泥

命题：森林之歌
盛花物：花盆、花泥

命题:节奏

盛花物:花泥、吹塑纸

命题:祖国大家庭

盛花物:花泥、吹塑纸

命题:群燕腾飞

盛花物:竹筒、花泥、吹塑纸

命题:四君子

盛花物:花泥、吹塑纸

命题:抗洪乐章
盛花物:花泥、枯枝

命题:群落
盛花物:花泥、吹塑纸、剑山盒

命题:盼回归
盛花物:花泥、纸盒

● 配 件 篇 ●

命题:腾云驾雾
配件:竹制仙鹤

命题:圣诞之夜
配件:毛织圣诞老人

命题:探索 配件:金色球

命题:勤奋

配件:台灯、钟、笔、书

命题:我热恋的故土

配件:树脂制品房屋、鸭子

命题:幽

配件:小英石、贝壳制

品刺猬、枯木

命题:旅游

配件:树脂制品房屋、陶瓷人物、金属塔

命题:相思风雨中

配件:毛织伞、陶瓷人物

命题:渴望

配件:塑胶骆驼

命题:牧

配件:石雕牧童骑在牛背上

命题:帽中情

配件:草帽

命题:传友谊

配件:羽毛球拍

命题:炎夏

配件:陶瓷泳装人物

命题:爽

配件:扇

命题:海韵

配件:珊瑚、海螺、热带鱼模型

命题:熊猫园

配件:陶瓷熊猫

命题:哪有不平,哪有我

配件:假山、寿山石、香炉、
　　　陶瓷济公

命题:愿者上钩

配件:泥烧钓鱼老翁

命题:如意

配件:灵芝、酒坛

命题:齐心奔小康

配件:藤编车、心形模型

命题:司晨

配件:陶瓷塔、陶瓷公鸡、
苔石、树脂房屋

命题:十六岁花季

配件:蜡烛

命题:乾坤一局

配件:树脂制品奶
牛、两仙对弈、英石

命题:悠游

配件:金鱼

命题:山上有美景

配件:假山石

命题:亚运之光

配件:彩色圆环

卧室花饰

厅堂花饰

茶几花饰

墙角花饰

矮橱花饰

门饰花环

窗台花饰

窗口吊挂花饰

窗门花饰

楼梯拐角花饰

壁镜花饰

壁挂花饰

餐桌花饰

餐桌花饰

天花板花饰

浴室花饰

春节花饰

中秋节花饰

端午节花饰

圣诞节花饰

情人节花饰　　　　　母亲节花饰

生日花饰

儿童节花饰

礼品花

礼品花

胸花

新娘捧花

马蹄莲

鹤望兰

羽扇豆

松叶

龙柏

茴香花

银柳

篦麻

麒麟菊

扶桑　　　　　　　　龙吐珠　　　　　　　　美人樱

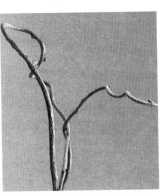

水仙花　　　　　　鹿角草　　　　　　枯藤

满天星　　　　　　　　秋石斛　　　　文心兰

菊花

金苞虾衣花

雁来红

金光菊

玲珑椰子

五节芒

月季

小苍兰

鸢尾

蝴蝶兰

百合

睡莲

萱草

天门冬

一串红

文竹

旱伞草

粉宝石

千年木

金彩鹅掌

美洲苏铁

白掌

袖珍龟背竹

龟背竹

一品红

彩叶芋

角叶洒金

金边富贵竹

蓬莱松

红边朱蕉

南洋杉

金边常春藤

狐尾武竹

金盏花

向日葵

黄马缨丹

香蒲

唐菖蒲

美人蕉

珊瑚刺桐

晚香玉

苏铁

肾蕨

火鹤花

石竹

康乃馨

百日菊

八仙花

紫薇

非洲菊

波斯菊

前　言

　　插花，是一种以花为主要素材来表现美感的艺术创作活动；插花作品，是融自然美、造园艺术美、绘画艺术美、盆景艺术美、文学内涵美等为一体的具有生命的艺术品。它可装点居室，美化环境，陶冶情操，有益身心。随着城市化进程的加快和高层建筑的增加，人们更加渴望室内有一方，那怕小小一方的花草，以分享大自然的乳汁。因此，插花艺术越来越体现出其无穷的魅力，并发挥其独特的作用。

　　本人受先父影响，自幼喜欢摆弄花草。80 年代以来，特别馋好插花艺术，经常插制不同风格，适合不同时令、不同场所与场合的插花作品，为教学之用，为家人、友人共赏，其乐融融。为宏扬我国插花艺术奇葩，普及插花知识，本人愿献微薄之力，将自己多年的插花心得及教学中遇到的问题，用通俗易懂的问答形式予以介绍。书中

1

精美的插花作品彩照，可与读者直观交流，望能对插花艺术走进寻常百姓家起到积极的作用。

为促进各位同仁、插花爱好者的创作交流，拍摄了陈熙的"亚运之光"，宋宏碧的"探索"，任为的"农家茅舍图"，陈浩的"节奏"，张其诊的"森林之歌"、"浪淘沙"，赖宝岱的"群燕腾飞"、"乡野"，金文的"祖国大家庭"，黎松风的"四君子"，张利军的"非洲姑娘"等插花作品。

全书彩照均为王金勋先生精心拍摄；创作时用的许多容器和配件，多由家人、友人、学生对我爱好的理解和支持，从全国各地，甚至国外捎带来；有时市场上买不到花材，不少公园、园艺场都予以热情支持。借此机会对他们一并表示深深的谢意！

鉴于时间和水平的限制，笔墨自有是非，敬请广大读者郢政！

作　者

于世纪之交

目　　录

插花常识

插花材料

插花色彩

插花构图

插花立意与意境

插花应用

插花常识

1. 中国早在哪个朝代就有插花及插花展览？

中国是文明古国，也是世界插花历史最悠久的国家之一。翻开中国史书，早在六朝的《南史》中就有"借花献佛"的记载。北周诗人庾信作的《杏花诗》中有"春余足光景，赵李旧经过，上林柳腰细，新丰酒径多，小船行钓鲤，新盘待摘荷，兰桌绕悦架，何处有凌波"的描写，足见当时民间已有采折花枝（荷花）入盘待客会友的习俗。

五代可称是我国插花的辉煌时代，富丽堂皇的宫廷插花长盛不衰。风度翩翩的李后主——李煜，每到春暖花开季节，他便将宫中的桌、架、几、壁、窗、梁、栋、柱等都布满插花作品，并以重顶幄幛为花避风，同时悬挂名家字画加以衬托，自称"锦洞天"，还开放供人参观，这可算是最早的插花展览了。

此外，对花吟诗，对花饮酒，也是当时文人的一大雅兴。据史书记载，当时无论花器、花剪、供水、花台等，都极为讲究。

2. 中国古代插花技艺对近代插花艺术有何影响？

宋朝，除了宫廷，寺院、民居也都盛行插花，并以花束布置饭店、茶馆、酒楼等，甚至以此作为广告，招引食客和游人。每年春末，各大城市，如杭州、开封、扬州、洛阳等，还举行不同

1

规模的"万花会"。宋《苕溪渔隐丛话》中记载：蔡繁卿守扬州，春时作万花会，用花十万余枝。由此可见，我国当时插花的普及、规模及其发展盛况，绝不亚于当今世界盛行插花的国家。

由于受理学家思想的影响，人们崇尚理学，注重内涵，常以花隐喻人格，用以表达人生抱负、理想，此对插花技艺有很大的推动作用。涉及花材保鲜的书籍很多，如《格物粗谈》、《分门琐碎录》、《武林旧事》、《山家清供》、《洞天清录集》等，其中言及的烧灼法、沸汤法、封蜡法、涂沫药剂法等，至今对花材保鲜还有一定的指导意义。

元朝，由于受到当时文人画和花鸟画的影响，插花逐渐摆脱理学思想的影响，多以花表达个人的情感与冥想。

到了明朝，插花艺术有了很大进步，插花技艺广为流传，并在此基础上对插花艺术有了进一步的研究。明万历十九年（1591年）成书的《遵生八笺》，是著名戏曲家高濂所撰的养生长寿之道杂书，其《燕闲清赏笺》卷下有《瓶花三说》一篇，较详细地论述了有关插花艺术的问题："瓶花之宜"论述插花创作活动应遵循的准则及插花佳品成功之因；"瓶花之忌"论述插花实践中应避免的几种不当做法；"瓶花之法"专述插花时使用的若干具体方法，详细地介绍了插花技艺。明万历二十三年（1595年），张谦德撰写的《瓶花谱》一卷，专论瓶花，书中记述先品瓶、次品花以及折枝、插贮、滋养、事宜、花忌、护瓶等八部分，内容丰富、实用。明万历二十六年（1598年）成书的《瓶史》，是著名文学家袁宏道所著，书中分述花目、品弟、器具、择水、宜称、屏俗、花崇、洗沐、使令、好事、清赏、监戒共12节，是我国也是世界上第一部详尽论述插花的专著，对我国插花技艺的普及和提高有着广泛的影响。该书成书100年后，还被译为日文出版。所以，日本花道中有"宏道流"插花流派，并成为日本有影响的插花流派之一。此足以说明,《瓶史》一书对推动世界插花艺术的发展起了重大的作用。

3. 中国古代宗教供花、心象花、理念花、写景花、谐音造型花、蔬果造型花主要特征是什么?

(1) 宗教供花。佛教徒以鲜花供奉于佛前,即"借花献佛",称之为宗教供花。原始供花有 3 种形式:于佛会时将莲花瓣或花形纸片置于"花筥"洒散,称之"散花";以花皿盛置鲜花或花瓣供之佛前,称为"皿花"或"堆花";于瓶中盛水插贮鲜花供奉,谓之"瓶供"。瓶供即为插花,它始自公元五世纪的南齐,其后与"皿花"相结合,发展为盘花,并盛行于唐宋时代的佛寺殿堂中。

(2) 心象花。为古代文人借花浇愁的插花艺术表现,盛行于元代及清代初期,作品偏于以"情"为出发点,内含个人内在的冥想,不表严谨,但求随意,以创造个人欲望的独立形象,是情绪抽象概念的具体化。个性稍强的心象花多偏奇古悲怆之美,常用花材除格高之花草外,还用枯木、灵芝、如意、孔雀毛等。

(3) 理念花。源于宋代,作品以理为表,以意为里,表现作者伦理观与善意思想。此到明代益为发扬光大,有积极意味的为新理念花。

明代新理念花又可分为隆盛理念花、文人花及新古典花 3 个时期。隆盛理念花的花材甚多,其构成以中立形为主体,四面配以各种花、叶,显得壮丽隆盛,为当时典型的宫廷插花。此类花型传入日本后,成为池坊"立华"的宗祖。

文人花源于唐宋,盛于元明,作风颇受禅宗与道教精神的影响。其表现场合以文人厅堂及书斋为主;取材以清新脱俗、格高韵胜、易于持久的花木,如松、柏、竹、梅、菊、兰、荷、桂、水仙等；同时，往往以花为友，以花喻人，把松、竹、梅誉为"岁寒三友"，梅、兰、竹、菊喻为"四君子"等；花器讲求高古朴实、典雅无华，以铜、陶、瓷、竹花器为多；花枝不多，构图不华丽，以线条形枝叶为主，明快有力，作风清雅。它是东方式插花的典型。

新古典花整体构图以曲线枝及艳丽花色构成高古幽雅的风格，其色彩尤具特色。

（4）写景花。以真、善、美中的真为出发点，透过盆景表现手法，用大盘花描写、赞美自然为目的，表现内容为大好河山及四季风光。其源于唐代而盛行于清代。

（5）谐音造型花。以花、果名称的谐音为取材及造型基础，如松柏、万年青、荷花、百合寓意"百年和合"。它成为民间特殊时节或场合最重要的插花形式，也是我国插花的一大特色。它盛行于清代。

（6）蔬果造型花。亦称"盛物"，其主要特点是以蔬果巧妙排置花型。它作为岁朝清供，起源甚早，而盛行于清代。其果实颜色鲜丽，造型厚实有力，能表现出亲近自然及浓郁的生活气息和乐趣。

4. 中国古代对插花作品如何进行欣赏？

历代风尚不同，赏花角度及层次也有不同。按时代前后，有曲赏、酒赏、香赏、谭赏、茶赏等。曲赏者，即在赏花同时弹曲咏歌；酒赏者，即边饮酒边赏花；香赏者，即插花焚香；谭赏者，即品论插花；茶赏者，即赏花品茗。其中唐代以酒赏、五代以香赏、明代以茶赏，最具特色。

（1）酒赏。插花酒赏源自唐代。罗虬的《花九锡》有"美醑——赏"之说。插花作品妙在直观，主张一面尝以醇香美酒，一面赏花乃能尽兴。古人云："酒尝新熟后，花赏半开时。"酒赏有着天人合一、物我两忘的神会效果，是崇玄想、爱文治、尚欢乐、喜创造的写照，有"醉者的艺术"之美称。

插花酒赏的风气，直到宋代尚十分流行，尤其应用于宴会之中。欧阳修诗云："深红浅白宜相间，先后仍须次第栽，我欲四时携酒赏，莫教一日不花开。"他曾插花百瓶，醉饮其间，传为美谈。

（2）香赏。插花燃香源自五代韩熙载，他认为对花焚香，风味相和，其妙不可言，故有"木樨宜龙脑，酴醾宜沈木，兰宜四绝，含笑宜麝，薝葡宜檀"的五宜。香赏后盛于宋元两代，至明代仍不乏提倡者。《士女殿最》中称异香牡丹、温香芍药、国香兰、天香桂、暗香梅、冷香菊、韵香荼蘼、妙香薝葡、雪香竹、嘉香海棠、清香莲、艳香茉莉、南香含笑、奇香腊梅、寒香水仙、素香丁香为"十六香"。众花以其天然香味巧配燃香，对插花情趣之增进别有奇功，此也为古代中国插花艺术的一大特色。

（3）茶赏。插花除赏心悦目外，常寓有作者的愿望与理想。明代以后插花渐与品茗相结合，从而盛行理念花及茶花。袁宏道《瓶史》云："茗赏者上也，谭赏者次也，酒赏者下也。"茶赏是务实际、重经验、喜思维、爱平静的欣赏方法，有"醒者的艺术"之美喻。

插花品茗在宋代已流行。宋代将"插花、点茶、焚香、挂画"合称四艺。古画上常见插花品茗的画面，只是到了明代更加巧妙地结合而已。

5. 中国唐代的《花九锡》对插花提了哪几项原则？

《花九锡》就插饰牡丹花提出了几项原则，其原文如下：重顶幄（障风），金错刀（剪折），甘泉（浸），玉缸（贮），雕文台座

（安置），画图，翻曲，美醑（赏），新诗（咏）。其约略归纳了唐代插花的如下要领：

（1）花器与道具贮花的容器须用瓷（唐时称白瓷为假玉）之类上好品质的，花瓶底座、衬板及台桌须选精雕华美花纹的，剪裁用的剪刀则讲究利快而且镶错金纹的，养花的水应以甘美的雨水或天然泉水为主。

（2）供美的环境。布置瓶花宜考虑通风和避风，使用华美的重顶幄屏风为障，背景衬以名迹古书画，求其相得益彰。

（3）品赏原则。赏花时吟诗作歌，歌则选即兴新谱之曲子，诗则咏清新脱俗之词句，品以香醇美酒，乃能尽兴。

（4）花材选择。插置牡丹其配材"须兰、蕙、梅、莲辈，乃可披襟"，"芙蓉、踯躅、望仙、山木、野草、直唯阿耳"，根本不适宜充作配材。

6. 中国古代使用哪些插花容器？

中国古代花器在插花上惯被视若大地或花屋，历代对其都极为讲究、严谨。《瓶史》云"譬如玉环，不可置之茅茨"，六朝时代就有"以铜罂盛水，渍其茎，欲花不萎"。

北周诗人庾信曾用这样的诗句描写自己春野中折花，然后以铜盘盛满红色杏花来宴客的情景："春色方盈野，枝枝浣翠英；依稀映村坞，烂漫开山城；好折待宾客，金盘衬红琼。"

占景盘。我国插花自古瓶盘并行。盘容量比瓶大，易于发挥，但长梗花枝无从挺立。至五代时，郭江洲发明占景盘，清《异录》称："占景盘，铜为之，花唇平底，深四寸许，底上出细筒殆数十，每用时，满添清水，择繁花插筒中，可留十余日不衰。"此盘发明对中国古代插花贡献很大。

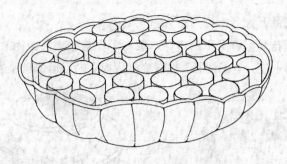

占景盘想像图

隋唐兴盛时期，由于陶瓷制作技艺的改进和发展，出现了以精制的瓷瓶作为花器。唐代宫庭插花极为考究，白瓷花瓶、冷冽甘泉、精雕漆座等均被视为上品。

唐代铜花瓶示意图

铜花瓶。历代铜花瓶多选用商周酒器充当。唐代铜花瓶仿商代饕餮纹，形扁而稳重，撇口呈双耳，下屈至肩，有波斯异国风格。

三十一孔瓷花插。插制盘花或碗花的插孔设计历代颇多别出心裁，有的在花器上加置铜制蜂巢孔、铜管，有的在花器上留插孔，这些均为占景盘之遗意。宋代三十一孔瓷花插，设计精巧，确为罕见。瓷器中官、哥、定等窑为最佳。

宋代官窑青瓷花器示意图

官窑青瓷花器。此为宋代产物，其形体不大，壁仿占景盘作八瓣莲花唇，纯净高雅。其中间有通空管柱，用以穿插支柱，以备花材支绑时用。管柱外缘饰以小莲叶，间横小槽，以资花材穿绑。它设计精巧，美观实用，为古代极为特殊的一种花器。

五岳朝天瓶。五岳朝天瓶为仿宋官窑器，多为 5 孔，中加一

7

大孔以象征五大名山，为祭天供花之器。

宋代花囊。有上下两件，一般用于厅堂或宴会场合。尖底瓶花摆置用上层，免于颠扑。遇瓶底宽大时，则用形似盘座的下层。

五岳朝天瓶示意图

宋代花囊示意图

南宋张邦基在其《墨庄漫录》中介绍："两京牡丹闻天下，花盛时，太守作万花会。宴席之所，以花为屏障；至梁、栋、柱、拱，以筒储水，簪花钉挂，举目皆花也。"此详细记载了我国古代用竹筒储水插花的形式。

铜花觚。元代的铜花觚，质地坚实，常作插饰中立型堂花之用。

剔红瓶。明代的剔红瓶为漆器，以剔红手法出之，内为铜胎，插饰古典理念花极为贴切。

仿明宣德七孔花插（瓷）容器呈圆球形，绘有青花番莲纹，上具7孔，有占景盘遗意，插饰花枝，枝距清明，颇为雅致。

元代铜花觚示意图

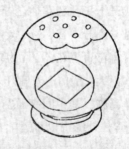

仿明宣德七孔花插示意图

青花云龙五孔扁瓶（瓷）。此为仿清乾隆窑器，是古代五越朝天瓶的变型。

古代青铜花器中有鼎、尊、觚、罍、壶、瓶等。古人认为铜器入土年久，受土气深，用以养花，花色最鲜，陶瓷亦然，为器中之优。

青花云龙五孔扁瓶示意图

7. 日本插花中的立花、生花、自由花、盛花有何区别？

15世纪日本室町时代，完成了日本插花的重要样式——立花。立花是插花的核心，由此而产生了以后的各种样式。立花样式最重视构成之美，通常以7个或9个主枝构成，各称为真、正真、副、讳、见越、控、流、胴、前置。

17、18世纪以后，又相继出现生花和自由花等样式。生花样式中，主枝称为真，以副、体之3枝作为基本，此3枝构成的生花象征着古代东洋思想中所说的综合天、地、人之宇宙。

自由花不拘泥配合方法或形式，而是依照感觉自由从事插花创作。但池坊式自由花并没有与立花或生花完全脱离，它们都有共同之处。因此，池坊式自由花要根据如下3个原则进行创作："追求精神上和生活上的和平"，"对天地万物的敬忌"，"积极向上的生活态度"。

19世纪，出现了投入式盛花形式，也就是将花插在浅盆中的剑山（花插）上。

8. 日本有哪些主要插花流派？

据史书记载，日本的插花起源于中国，并依据中国国画绘制原理将其形式化，同时得以长足的发展，最终成为日本民族特有的一种传统文化艺术形式之一——花道。

早在6世纪末至7世纪初的飞鸟时代，圣德太子派小野妹子到中国交流文化，将我国佛教的供花带回日本，同时也将当时的插花艺术带回日本，并在京都中心的六角堂池坊住所开始传播，由此诞生了以后的"池坊"插花。

9世纪，插花步入日本宫庭及贵族府邸，加上中国瓷器大量输入日本，插花便由佛教供花转变为装饰花瓶的观赏花，而且逐渐成为典礼仪式中必备的装饰品之一。15世纪，日本室町时代，确立了池坊传统的立花形式，建立了插花理论，并出现了插花艺术的代表人物——池坊专庆、专应、专荣、专好等。17世纪后，我国明代插花专著《瓶史》传入日本，在那里得到了发扬光大，创立了独特的，有影响的插花艺术流派——宏道流。随后插花在日本民间广为流传，并涌现了不下3000多个大小流派。主要流派有池坊流、小原流、草月流、松风流、日新流、古流、宏道流、池坊圣流、末生流、熏风流、东山流、石川流、远州流、桂古流等20余个，其中构成日本插花的三大流派是：

（1）池坊流。池坊插花是日本花道最古老的流派，有500多年的历史，发源地为京都六角堂。小野妹子为始祖，其后亦陆续出现了一批插花艺术的优秀人物，同时完成立花、生花的形式。

池坊插花的传统精神是"以和为贵",特色是精古挺秀、素屏清雅、古色古香,最适合摆设在古老的房子里。

(2)小原流。由小原云心创始于1867年。它以投入式盛花的形式为主,用平矮形盆把花插在剑山上,既保留完整的传统手法,但又不固守传统,能贴近生活、表现生活。其作品格调高雅、脱俗,注重自然,生动活泼,开艺术插花的先风,堪称盛花之鼻祖。

(3)草月流。由河原苍风创始于1926年。草月流打破了将插花局限于家庭装饰,倡导把插花作为造型艺术加以应用,并首先使用铁、枯木及其他无生命的东西赋予新的生命力,为日本插花界树立起新的里程碑。草月流崇尚别出心裁,一反规范化的创作方法,既有自然形,又有意匠形和抽象形,主张自由发展个性,推崇各自的独特风格。

9. 西方插花发展情况如何?

西方插花最早是从古埃及开始的,在金字塔中发现了干燥花,说明古埃及人用花作装饰品。到2世纪,古罗马人用风信子、香石竹等作插花。5世纪的古希腊人,用花瓶插花装饰,并用植物材料制作简易的花环。

随着贸易和宗教、文化的传播,插花逐渐由埃及、希腊、罗马传到英国、法国、荷兰等地,但当时插花一般都带有浓厚的宗教色彩。

14~16世纪为欧洲文艺复兴时期,出现了崇尚、模仿古希腊和罗马文艺的倾向,同时由于园艺的进步,花材逐渐丰富,人们将多种鲜花插满花瓶、花篮和果盘用于室内装饰。

17世纪,西方插花受到西方艺术中的几何审美观的影响,形成了传统的几何形、图案式的插花艺术风格。此时欧洲各国的插花开始流行，容器口径大，花材多为草本。色彩艳丽，构图严谨、和谐的图案式几何形体的大堆头插花风格也开始形成。

18～19世纪，欧美经济、文化、艺术发展，也扩大了世界贸易、文化的交流和传播，大量异国观赏植物、陶瓷容器、工艺品进入欧美市场，掀起了观赏植物栽培、花卉装饰、花园建设等热潮。为了与雄伟壮丽的宫殿和别墅式建筑、珍贵的家具及其他装饰品协调一致，这一时期的各种花卉装饰品都趋于大型化，插花作品也不例外。所以，原有的插花风格又得到进一步的发扬。

此外，西方插花还吸收了东方插花艺术的一些特点，除采用匀称、丰满、对称、规则的几何形体来充分表现自然的形态美和色彩美外，也注入了东方插花的线条美，追求斜、垂、弯各种流畅的线条，使构图丰满且活泼，进一步完善了西方插花的艺术风格。

由于受到现代艺术潮流的影响，为了适应与表达现代意识和情感，现代西方插花艺术呈现五彩缤纷的局面，既有传统式插花，也有具有时代感的融东西方插花艺术为一体的自由式、抽象式和装饰性的各种插花，更有室外大型花艺、窗橱花艺以及大型装饰花束、舞台装饰花艺。

10. 现代插花多样性基础何在？

（1）现代插花不完全依赖于基本的插花原则去创作，也不单纯地表现自然，而是尊重个人的创作意念，尽情发挥想象力，通过创作来表达个人的情感。其特点具体表现在：

（2）花器。花器越来越随人意，越来越丰富多样，有瓶、盆、篮、篓、碗、碟、盘、罐、筒、文具、玩具、贝壳等，它们可以是竹、藤、木、铁、铜、银、水晶、玻璃、陶、搪瓷、塑料等制品，也可以用枝、叶、麻等材料编织成。

（3）插花材料。不再局限于鲜花，可用蔬菜、水果、野花、野草、野果，还可用干花、人造花、枝条、叶片、枯木、石头、海螺、贝壳、人和动物的模具、伞等用具，甚至用电线、铝片、铝合金、玩具等材料。

（4）某些花材的选择和造型设计，都具有一定的象征性，作品多有新、奇、特之韵味。

（5）命题。作品命题既含蓄，又能起到画龙点睛的作用。

如近年来，日本和欧美国家插花艺术中，自由插花、抽象插花等都为现代插花的范畴。

11. 什么是艺术插花？

艺术插花是表现植物自然美的造型艺术。具体地说，艺术插花就是将具有观赏价值的花材，包括观花、观叶、观果、观芽、观茎类的植物材料（有时为了表达某一个特定的主题，选用植物的残缺部分），以及各种配件、绢带、金属丝等，经过构图、设计、剪裁、造型后，将花材置入适当的容器中，再配上其他材料，使之成为具有生命的艺术品、装饰品。艺术插花源于自然美，但高于自然美。它主题突出，形式不拘，造型多姿优美，意境深远，具有诗情画意、无穷魅力。因此，在插花设计时，不仅追求自然的形似，而且要把自然中的气韵反映出来，把内在的本质意义表现出来，使作品能传情、动情、溢情，并具有意境美和精神美。

它要求设计者具有高度的艺术修养和匠心独运的精湛技巧。由此可见，要学好插花，必须不断地丰富和提高自己的文化艺术修养。当然，由于插花的实践性很强，所以经常练习插作至关重要。

艺术插花的形式有瓶插、盆插、篮插等，从风格上讲，有东方式艺术插花、西方式艺术插花和现代自由式艺术插花等。

12. 艺术插花为什么属于艺术范畴？

任何一件插花艺术作品，都不是将枝、叶、花、果等植物材料，不经过构思就进行随意插制和堆砌的，而是要根据创作方法去构思，去选材，去加工和造型，使之能表达主题，传递情感和情趣。它同绘画、盆景、造园、雕塑，甚至与文学、音乐等都有同工异曲之妙处。它要求以形传神、形神兼备，以情动人，熔生活、知识、艺术为一体。

一件成功的插花艺术作品，能以有限的形象，引发欣赏者无限的遐想，它既是作者创作的结果，也是欣赏者参与再创作的结晶。

13. 什么是生活插花？

不太追究艺术表现手法，只是用于美化日常生活的随心所欲的插花，称为生活插花。它可就地取材，除花卉、瓜果、蔬菜外，甚至路边、田间的野花、小草也可入用，且数量不拘。容器也大可不必讲究，因陋就简，除各式花瓶、水仙盆外，还可利用生活中的碗、盘、碟、玩具或废弃的可乐罐、酒瓶等，这些不起眼的盛具，只要稍加剪裁拼接，即可成为别具一格的容器。所以，生活插花有很大的随意性，但它同样可以装点居室、美化环境，给人以美的追求、美的创造和享受，同时也可用来寄托一种情感。

爱美之心，人皆有之。愿生活插花首先步入千家万户，并通过生活插花积累知识、经验，培养情操，使之朝着艺术插花的方向迈进。

14

14. 什么是礼仪插花？它有哪些形式？

鲜花插花最具有插花艺术的典型特点，它色彩绚丽，花香四溢，给人以清新、艳丽、真实的自然美，能表现出顽强的生命力和艺术魅力。

随着社会的繁荣和人际交往的日益频繁，在众多场合下，人们都喜欢用鲜花表达自己的情感，因而就出现了礼仪插花。

用于节假日、庆典、嫁娶婚礼、迎送宾客、探亲访友，以及奔丧、悼念等活动中的插花，称为礼仪插花。其目的是烘托各种活动的气氛，增进友谊，表达敬老爱幼、志喜或慰藉、志悼等某种特定的情感。

此类插花要求造型简洁，花色清丽明快。通常体形较大，花材量多，花形较为规整，插作繁密，忌有异味、有刺激、有毒性、会污染环境的植物材料。

礼仪插花的形式很多，常见的有各种花篮、花圈、花环、花束、新娘捧花、胸花、头花、桌饰花和盘菜花饰等。

15. 插花在生活中有何功能和应用？

自然界中生长着多种多样的植物，不同的植物有着不同的色彩和优美的形态，它们或冬夏长青，或繁花一时；或坚韧挺拔，或柔细娟纤；或青翠欲滴，或色彩斑斓；或清香扑鼻，或果实累累；或秋色迷人，或银装素裹，都具有极高的观赏价值。

插花就是将自然界中植物体最能表达美的部分剪取下来，进行理性的构思与造型，并将它们搬进居室，打破建筑物的生硬化和直线化，从而再现大自然的美和生活的美，起到建筑设计所不能起到的艺术效果。

同时在插花创作过程中，可体现出人们在物质文明的基础上，也追求精神文明，起到陶冶情操的作用。

随着人们生活水平的提高，以及插花材料的日益丰富，插花制作与布置更为方便、灵活，所以插花的应用也越来越广。插花不仅用于点缀居室、美化办公环境，而且用于渲染、烘托各种场所的气氛；同时，也在宾馆、餐厅、企业、展览场所等广泛应用，成为文化生活、社会交往、经济贸易等活动中不可缺少的一部分。

因此，插花也是人们文化素养的标志之一，它能体现一个地区，乃至一个民族的文化传统和文化素养。

16. 东方式插花有哪些主要特点和基本要点？

东方式插花主要以中国插花和日本插花为代表。由于受东方传统文化和习俗及审美观点、造园风格的影响，所以东方式插花艺术风格独树一帜，与西洋式插花迥然不同。

（1）东方式插花主要特点

①作品以姿取胜，既不失其自然风姿，又追求高于自然，婀娜多姿，生动活泼。所以，花枝数量不求多，而是注重线条造型。通过线条长短、粗细、刚柔、虚实、疏密、直曲、顿挫的对比，展现疏影横斜或明快简洁，或飘逸典雅，或粗犷不凡等形式多样的插花作品。

②讲究意境，以形传神，借花、借物寓意，寄托思想，舒展情怀，使之情景交融，追求动态平衡，追求诗情画意，所以插花作品内涵含蓄、意境深远。

③色彩淡雅、朴素无华。勤劳朴实是中华民族的美德，所以中国式插花不讲究以艳取胜。自古以来，我国文人往往以花为友，

以花喻人，即把花"人格化"，如把松、竹、梅喻为"岁寒三友"。甚至有些文人在著作中，把历代名人按其性格或嗜好，誉为名花的花神，借花传情，以形传神，其用心同样不是以艳取胜，而是以意取胜，即重在寓意，重在意境。

（2）东方式插花基本要点

①花枝与花器的比例及插花作品与放置空间的比例要适当。

②花枝色彩与容器色彩有所对比，且容器颜色宜较深重。

③花色调和中有对比，对比时又能协调。

④"好花还需绿叶扶"，但用叶不宜太多，且要求品种单一，否则显得紊乱。

⑤平直就会无姿，所以，枝条应多变化，具动感，直线、斜线、曲线应用要灵活、得当。

⑥构图整体上结构应严紧、充实，但局部看应疏密有致，虚实对比。

17. 西方式插花有哪些主要特点和基本要点？

西方式插花亦称西洋式插花，一般指欧美一些国家通常流行的插花方式。

（1）西方式插花主要特点

①花枝数量以多取胜，花朵多丰满硕大。从整体上看作品呈现繁茂昌盛、富丽堂皇。

②花色艳丽，万紫千红，五彩缤纷，有豪华富贵之感。插制时对花朵进行艺术排列，或形成各种颜色的块面；或巧妙地将多色混插一体，形成极富装饰性的图案美。

③构图多为规则的几何型或讲究对称均衡插法。

（2）西方式插花基本要点

①整个作品花枝较多，但一定要有一个明显的重心。

②花色要讲求和谐，可选用调和色以达到相互联系的效果，也可适当地采用对比色。

③布局宜均匀有致，主次、层次分明，让观赏者能领悟到作者的意图、目的。

④构图面大的多用深色、大型的花器，给人以平稳、安全的感觉。

⑤重复、对称的结构是西方式插花的一大特色。

（3）西方式插花基本步骤。西方式插花的花材按它在整个构图中的位置，可分为线条花、视觉焦点花、填充花三部分。

①线条花。它是插花造型中最基本因素之一，其作用是确定造型的形状、大小和方位，一般高度为花器高度加宽度的1.5倍。

②视觉焦点花。指花材中块状花及定型花插在造型的中心位置，也就是"兴趣中心"之处。

③填充花。西方式插花传统风格是大块几何图形组合，间隙较少。填充花主要用来填补线条花和焦点花之间的空隙，使构图的各花枝紧凑，相互融为一体。

18. 世界插花为什么会形成两种艺术风格？

尽管插花艺术是为人们装点居室、美化环境的生活艺术应运而生的，但由于民族文化及其审美方式的不同，加上东西方各国之间插花艺术的交流还只是近代才开始，而互相交流、研究和取长补短还需要一段相当的时间，所以，东方插花艺术和西方插花艺术是在各自的文化圈内得到独立发展的，从而在世界插花发展史上形成了最主要的两种插花艺术风格。

西方的美学观点主要是"再现说"，认为艺术一旦过分，就不完美了，故在西方艺术插花中注重装饰效果，重质块，要求花繁叶茂，色彩艳丽，大都显得雍容华贵，热烈奔放。同时，欧洲人自古以来的思维方式比较倾向于穷究事物的内在规律性，喜欢用明确的方式提出问题和解答问题，以形成清晰的认识。这种思维习惯表现在审美上力求和谐、对称、均衡，而且这种和谐是可以用数学几何关系来确定的，因此，几何式的园林在欧洲盛行。尤其是意大利的园林，各类花园不大，且不求曲折。因造园和插花艺术有同工异曲之处，所以，西方式插花另一特点是构图多为规则的几何形，或讲究对称、均衡。

中国是历史悠久的文明古国，插花受我国汉文化的影响很大。明朝的《瓶史》一书中写道：插花不可太繁，亦不可太瘦，多不过两种三种，高低疏密，如画苑布置方妙。置瓶忌两对一律，忌成行成列，忌用绳束缚，夫花之所谓整齐者，正以参差不伦，意态天然。此高度概括了插花艺术的精粹。日本有影响的插花流派之一的"宏道流"正是在此书的影响下发展起来的。由此形成了与西方插花截然不同的东方插花特点：不以"枝"取胜，而以"姿"取胜。此外，由于意境是中国美学对世界美学思想独特而卓越的贡献，因此它也成了中国传统插花艺术的特长，是东方艺术插花的最高形式美、综合美。

插花材料

19. 插花需要什么工具?

插花作品插制过程中,会经常用到下列工具:

(1)水桶。盛水后用来装盛准备插制的鲜切花和浸泡花泥。

(2)剪刀。用来剪取或修整花材。由于花卉有草本、木本,粗细、硬软之分,所以剪刀要多备几种型号。

(3)锯子。在中型或大型插花中,木本花卉的枝干或棕榈科植物的叶柄需用锯子来处理长度及角度等。

(4)插花座。简称"剑山"或"花插",它用来固定花枝基部。剑山为铜钉铸在铅座上而成,铜钉浸在水中不生锈,铅座沉重利于花枝固定。铜钉有稀、密两种,花梗细小者宜用密型。剑山的形状有多种,有长方形、圆形、扇形、椭圆型、三角形、飞鸟形等,其大小也各异。

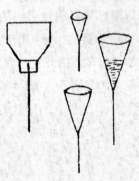

在插花时,往往会遇到花枝不够长的情况,这时可用塑料片或饮料瓶自制成花插筒。将小花插或花泥放入花插筒

花插筒

内,盛些水再插入花枝,花插筒的支柱便可将短花枝升到一定的高度,以满足造型的需要。

(5)花泥。是一种化学制品,如砖块形,多为绿色,质地疏松，吸水性强，干时轻便，收水后重如铅块，既利于固定花枝，又可保湿。有的花泥内含有鲜花保鲜剂，可延长切花的欣赏时间。由于花材可从花泥四方向不同的角度插入，因此其使用面积大，且灵活方便，尤其适用于西方式大堆头插花。但花泥使用1~2次后，由于孔多造成破裂，即不可再用，所以它属于消耗性工具。还有一类是不吸水的干花泥，专供插干花和人造花使用。

（6）金属丝及钳子。金属丝用于固定花枝或枝叶定型。钳子用于剪断不同型号的金属丝。

（7）双面胶带、透明胶带。用于固定枝叶或定型。

（8）喷雾器。最好是熨衣用的，其喷出的水点成雾状，均匀且柔和。插花前后均应喷洒花材，保持花、叶、枝面湿润，减少水分蒸发，使花枝艳丽。

（9）包装纸。包装花束或做变化设计用，也可包托花泥，以免花泥中水分流失。

（10）缎带。用以衬托花型或包装配件。

（11）美工刀。切割花泥或包装纸等。

（12）吸水胶带。用于分解叶子或花朵时提供水分。

20. 插花需要什么容器？容器在插花中的地位如何？

在生活中，用来插花的容器（花器）可以说是应有尽有，从艺术品，如花瓶、水仙盆、假山盆、玩具，到生活中的锅、壶、杯、碗、盘、碟、蒸笼、吊桶、竹筒、果（葫芦、椰子、南瓜、西瓜等）壳，直至准备扔到垃圾筒中的酒瓶、饮料罐、快食面碗，以及女士们化妆品的瓶、罐……一切可以用来盛水的东西都可以作为插花的容器。只要巧妙构图，其作用一定不亚于昂贵的花器，并能起到别出心裁、令人耳目一新的效果。插花时究竟选用什么样的容器为好呢？容器是插花作品的重要组成部分，有时容器选择正确与否直接影响到作品的成败。在插花中，特别是命题插花时，容器的选择与花材的选择显得同样重要。所以，选择容器时应注重考虑以下几个方面：

（1）容器形状、高低、大小。总体上看，容器在外形上应大方、简洁，比例合适。容器的形状、高低、大小均与构图有密切的关系，特别是异形容器在整个构图中起的作用是无法比拟的。如彩图"柔"中的S型高脚容器，其在表现风中摇曳的文竹及串串红珠飘逸的曲线，显得非常协调、优美。同样是S型容器，如果不是高瘦苗条型，这种构图就无法达到飘、柔、美的效果。

（2）容器色彩。选择的插花容器，以素身没有画面为宜，因为插花本身就是活的立体画，容器画面不论好坏，都会影响插花构图的"纯度"，影响视线焦点不必要的移动。此外，体量大的插花作品，应选择颜色比较重（如黑色）的容器，这样它在整个插花作品构图中，对重心平衡能起到很好的作用。

（3）插花容器质地与环境。按容器质地来分，插花容器主要有玻璃类、陶瓷类、竹类和藤类等。插花容器选择时，还应注意质地与环境相协调。室内中式家具，中式字画，最理想的应配上古香古色的陶瓷类花瓶或铜制容器，这样人们就非常自然地将中式家具及字画与中国著名瓷都江西景德镇及福建德化陶瓷连为一体。如果室内摆着西洋式沙发等家具，墙上挂着油画，也用陶瓷容器插花，就会显得不伦不类，极不协调。又如，进入某一度假村，其居室是小木屋，家具也多为竹类、藤类。此屋内插花花材为野花、野草等，花器选用竹筒就很适合，整个环境乡情浓浓，使人感到好像回归大自然的怀抱。

（4）有些插花作品是利用容器来点明主题的，如彩图"仙葫溢香"，就是用葫芦型容器来插花，因此，容器在作品中的地位更是不容忽视。

21. 选择花材时应注意哪些问题？

花材是插花的主要材料，选材的好坏直接影响到插花的效果，甚至插花的成败，因此，必须认真选择和配置花材。花材选择应注意以下几个问题：

（1）选择的花材必须最有利于展示作品的主题，即依据立意来选材，使所选的花材从内涵、色彩、姿态、体量等各方面均能直接或通过加工造型后，达到整体设计的形式美。

（2）花材必须与容器相配。花材的高低、大小应与容器相协调，花朵秀气、色彩淡雅、枝叶纤细的花材，应选用光滑、轻质的容器；大型的、粗线条的插花作品，应选用质感较重、结实，外形轮廓清楚的容器；花材的品格应与容器相协调，如山花、野草不宜插在华贵的容器。

（3）花材必须与环境气氛相协调。如在庆典场所，应选用红色、黄色等暖色系的花材，而且要求花型饱满，使整体感觉色彩艳丽、五彩缤纷，以衬托出热烈、欢快的气氛。在日常的家庭插花装饰中，亦应根据不同居室环境特点及成员年龄等，选用相应的花材，以创造具有个性特征的居室气氛。

（4）按季节变化选配时令花材。各种花卉开花的时节，是季节变化的重要标志。插花时可选用明显表现时令的花材，给人一种与大自然特别亲切和共命运的感觉。一般来说，春季要求表现生机勃勃、万物争春，宜用色彩明丽的花材；夏季要求表现清静、幽深、凉爽，宜选色彩淡雅、散逸清香的花材；秋季是丰收的金色季节，红果、黄菊、枫叶最能体现秋韵；冬季虽冷，但寒梅吐芳，兰花报岁，别有一番风味。

早开的桃花向人们宣告春天的来临

夏季会给人带来清凉、舒适的感受

22. 赠送花束时对花材选择有哪些讲究？

世界各国人民都有自己的习俗和偏爱，对花卉也不例外，所以，在送花时应注意尊重各地的习俗。

(1) 传统的节日或喜庆日子，到亲朋好友家做客或拜访时，送花束或花篮，色彩要鲜艳，并以红、橙、粉色等表现热烈的暖色调为主体。但英国人不喜欢红色。

(2) 按我国好事成双的风俗习惯，办好事用的花材量一般都成双成对，但有时又受到读音的影响，如"4"音与"死"相近，一般就不采用与"4"有关的花材量。又如日本人忌"4"、"6"、"9"几个数字，因为它们的假名发音分别近似"死"、"无赖"、"劳苦"，都很不吉利，所以花材量应避免与上述数字有关。

(3) 去看望病人时送的花篮、花束，不宜选用香气过浓或色彩过素的花材，因怕对病人的情绪有影响；同时还忌送带根的花材，因"根"会联想到"根深蒂固"或"难以根治"。日本人同样也忌送带根的花材，其因在于"根"的发音同"困"相近，会使人感到萎靡不振。

(4) 中国人和日本人在习俗上以黄、白菊花为主体的多用于哀悼场合，而对其他颜色的菊花并无多大介意。日本在祭祖节时，菊花的用量是惊人的。而法国、意大利、西班牙人对菊花都不喜欢，他们认为菊花是不祥之花，但德国人和荷兰人对菊花却十分偏爱。

(5) 在我国广东、香港等地，由于方言的关系，送花时忌用剑兰（见难）、茉莉（没利）。

(6) 我国大部分地区的人，对紫色的花材都很喜欢，如桔梗、勿忘我、鸢尾等现在受到越来越多人的喜爱。其原因之一是紫色的花材不多，物以稀为贵；原因之二是紫色的花使人感到古朴、典雅，特别与黄色的花相嵌时更有此韵味。而巴西人特别忌讳紫色和黄色的花，他们视紫色为悲伤的色调，视黄色为凶丧的色调。

23. 何为世界四大切花？它们各有哪些特点？

世界四大切花是指月季、菊花、康乃馨、唐菖蒲。

（1）月季。广义来说，月季包括月季、蔷薇和玫瑰，用于切花的主要是现代月季。

月季以绚丽的色彩、硕大的花朵、千姿百态的花型，以及香味吸引着众人。近百年来，不少国家的园艺工作者培育出了数以千计的优秀品种，有粉红、红、黄、橙、紫、白、复色七大类，色相种类数不胜数，品种多达万种，居世界花坛之首，所以有"花中之王"美称。

"只道花无十日红，此花无日不春风。"此乃古人赞美月季的著名诗句。中国传统月季，具有花形大、瓣数多、色泽丰富的特点，而且一年四季开花不断。18世纪末叶以后，欧洲人将中国月季作为主要亲本进行有性杂交，使中国月季和欧洲玫瑰的优点融合到一起，育成婀娜多姿的现代月季。现在，多数国家月季栽培十分普遍，已能做到月季常年供应。

长期以来，月季被视为幸福、富贵、爱情的象征，因此，月季非常适合用于喜庆、礼仪场合的插花装饰，也是最常用的赠送花束及婚车上的花材。不管在中国还是西方国家，月季都是最受欢迎的大众花卉。

（2）菊花。它是世界上最大众化的切花。菊花在我国有悠久的栽培历史。自晋代起人们就将菊花作为观赏对象，并留有不少赞美的诗句，如陶渊明的"采菊东篱下，悠然见南山"。

切花用的菊花，有寒菊、夏菊、国庆菊、秋菊等。国内目前用于插花的菊花品种与普通品种无太大区别。

菊花以花色鲜艳、光泽好，花型多姿，花瓣不脱落，水养观赏期长为特长，人们常将其瓶插清供于案头。

在艺术插花中，菊花常与南天竹、红叶、秋果等材料组合，用于表达"秋韵"或"丰收"；也与梅、兰、竹配作传统的文人插花"四君子"。菊花还因其花瓣有至干不落的特点，所以，自古以来就有"晚节寒香"、"清风晚节"、"寒英晚节"等赞誉的诗句，故对于值得敬重的老人，赠送菊花很适合，但在颜色上应讲究。

（3）康乃馨。又名香石竹、荷兰石竹，原产于南欧地中海北岸及法国到希腊一带，现在世界各地广泛栽培。康乃馨有香气，花瓣多皱折，花色丰富而鲜艳，开花时间长，装饰效果好、品味高。因此，在装饰花篮、花环、花束、胸花、头饰花、婚车等时，都广泛地应用康乃馨。

康乃馨象征母亲的爱，国际母亲节规定，母亲健在赠送红色康乃馨，以表示对母亲的热爱；母亲已去世则送白色康乃馨，以寄托哀思。

（4）唐菖蒲。又名菖兰、剑兰，为园艺杂交种，世界各地园艺品种非常多，我国约有数百个品种。唐菖蒲多为夏秋开花的大花种，但通过栽培，也可在冬春供应市场。

唐菖蒲叶片似剑且挺拔，花序穗状，通常排成两列，但侧向一边，每花序着花12～24朵。花冠筒呈膨大的漏斗形，单花直径8～12厘米，花色有白、黄、粉红、红、紫及五彩。其花色鲜艳、多彩，穗状花序刚正大方，开花自花序基部逐渐向上，水养观赏期长。因此，它广泛应用于盛花、花篮和花束等制作中。

24. 主要切枝花卉有哪些?它们的枝条在插花中有何应用?

(1)柳。柳为杨柳科落叶乔木或灌木,多自生于河畔,雌雄异株。银柳含苞的花蕾被覆红色厚苞片,苞片脱落后,露出绒毛花穗,雄花黄色,雌花银白且长;而猫柳的花穗形似猫尾,呈银白粒状,在红褐色茎枝的衬托下,极为美丽夺目,因此猫柳是上等的插花材料。

唐朝诗人贺知章《咏柳》中的"二月春风似剪刀",确切、形象地将自然界中春风催柳绿的风貌描写出来,说明柳枝在插花中是最能表现春天的花材之一。同时,还因柳枝富有弹性,可作技巧造型处理,以形成活泼、飘逸的动态美。

(2)旱伞草。又名轮伞草、风车草,为莎草科多年生草本植物。丛生,植株自基部长出绿色的初生叶,而后退化成红褐色叶鞘。叶鞘包围的是直立状茎秆,高约50~150厘米,其横断面为三角形。茎上有细条纹,茎顶长出互生的放射状叶片。它其实并非真正的叶,而是属于花的叶状总苞片,称为苞叶。苞叶约12~20片,排列如伞状,故称为旱伞草。插花时,或用伞状苞叶配置,或用直立状茎秆折成各种几何图形及不同姿态的线条,以充分体现整个构图的形式美。见彩图"一帆风顺"等。

(3)松。为松科常绿大乔木。花的美是最能让人直接感受到的。而树木就不同了,除了形态、树性之外,还有内含,这是中国人欣赏树木的独特观点。松具有苍劲挺拔、经霜傲雪、昂然不屈的崇高精神,因此,在插花时应注意表现其苍劲美。还因其具有顽强的生命力,被视为长寿祥瑞之物,所以它也是新年、寿辰插花最佳材料之一。如松枝与鹤望兰相配插花,就是一幅具有生命的"松·鹤延年图"。此外,在写景式插花中,松枝与枯木、肾蕨、小菊、狗尾巴草、五节芒、杜鹃等配置,很能表现出山野横逸的独特韵味。

(4)竹。为禾木科植物。它四时青翠,袅娜多姿,傲霜清节。古代文人雅士嗜竹、咏竹不胜枚举,如清品;虚心;竹报平安;清影摇风;节高骨坚,宁折不弯;羡他劲挺冲霄际,更觉虚心蓄力深……

中国有400余种竹,占全世界竹类的1/3。竹的许多品种和变种,如佛肚竹、黄金间碧玉竹、人面竹、花毛竹、碧玉间黄金竹、方竹等,观赏价值很高。

由于竹有许多人格化的优点,同时又有很高的观赏价值,所以,自古以来就被广泛地应用在插花中,"岁寒三友"、"四君子"、"花竹五谱"中都有竹子。在现代插花中,除了应用它来表现内涵之外,还广泛进行技巧加工,如加工成竹排、篱笆、小桥、茅舍来表现大自然、乡野、乡馨等,表达人类与大自然不可分离的情感。

(5)其他。梅枝苍劲有力,文竹枝条飘逸潇洒,而仙人掌在插花中最能表现沙漠景色。如此等等,举不胜举。

25.插花中经常使用哪些观叶花卉?

(1)肾蕨。它是一种生长在山野阴湿环境,呈群状的蕨类植物。它为骨碎补科,叶丛生、直立,叶柄长6～10厘米。一回羽状覆叶,长30～60厘米,羽片无柄,基部歪形呈耳状,两面光滑。一般中部羽片较长,下方较短。因其叶型、叶色美丽,加之水养耐插,所以广泛应用于插花中。一般使用最多的是作为插花的陪衬材料——背景或添补空间的必须材料。如以单一材料,依植株的生长形态,可插成各种三角形、扇形、椭圆形等。见彩图"相映"。近年来，意大利、荷兰、德国、日本等将肾蕨加工成干叶，成为新型的插花材料。

(2) 蜘蛛抱蛋。又名一叶兰，为百合科多年生常绿草本观叶植物。地下根茎横生，叶自根节处抽生，为长椭圆状披针形，长约40～60厘米。其叶柄长，小苗叶形与兰叶相似，春夏花期时，于接近地面处开壶状暗紫色花。因其花形似蜘蛛抱卵，故得名"蜘蛛抱蛋"。由于其叶柄健壮、坚硬、挺直、自然、清秀，且可进行各种造型，所以，常用来作插花的配叶。

(3) 虎尾兰。为龙舌兰科多年生草本植物，叶肥厚扁平，多肉质，坚硬、挺直且稍有旋转，全缘有深绿斑纹，形如虎尾，故称"虎尾兰"。在盛花或现代自由花的插花中，搭配的花材宜艳丽更具现代感，构图中线条要单纯才能表现坚韧、挺拔的特殊风格。

(4) 变叶木。为大戟科灌木，种类繁多，依叶形分，有针形、带形、线形、卵形、倒卵形、椭圆形、披针形、倒披针形、螺旋形、子母叶、戟形、波形等；依叶斑纹、斑点及斑色分，有砂子覆轮、中斑、切斑、星斑、肋斑、岛斑等。叶色有黄、红、紫红、橙红、褐色、绿色等，极为丰富。

在现代插花中，对于叶片大者，可单叶取下作自由花插花的面组合用；叶片小者，多与茎枝同时使用。插制盛花时，变叶木多插在基部，与具现代感的花材搭配，能使叶色更为鲜艳、耀眼。

(5) 苏铁。俗名铁树，为苏铁科的一种古老植物。叶常绿而光亮，大型羽状全裂，叶簇生于茎顶，叶色浓绿深沉，小叶线形，坚硬有力，是具有强烈个性的叶材。所以，在其他花材的选择上，应求色彩鲜艳，成束或成片搭配，才能使插花作品产生均衡、明朗的效果。而且羽状小叶纤细，排列整齐、紧密，十分雅致。特别将大型羽状叶加工弯曲成各种形状时，呈放射状开裂，更加美丽。苏铁叶片极耐插，能较持久保持翠绿、油润，为名贵插花配叶材料。

（6）文竹。为百合科，天门冬属多年生蔓性草本。茎丛生，多分枝，叶状枝纤细、扁平，鲜绿色，6～12枚成束簇生，水平展开呈羽毛状。主茎上的鳞片叶多成刺状。

文竹因枝叶纤细，体态柔雅，极具文静之感；还因其周年绿叶层层，形如云片，高低错落，疏密有致，似松非松，似竹非竹，具松之飘逸，又具竹之秀丽，神貌兼备，观赏价值极高。它不仅是室内盆栽观叶之佳品，更是现代花束、花篮、胸花、头花的上等配叶。

（7）天门冬。又名天冬草，为百合科多年生草本植物。茎丛生且下垂、光滑，多分枝，叶鳞片状，叶状枝扁线形。其叶青翠碧绿，配叶效果可与文竹相媲美，是常用的插花配叶之一。

（8）棕榈。为棕榈科常绿小乔木。叶簇生于茎顶，掌状深裂至中下部，裂片30～60枚，条形，叶色深绿。由于其叶片呈放射状深裂，并可将叶片剪成各种形态，在插花中常起特殊陪衬作用，以烘托主题。

（9）鸡爪槭。为槭树科落叶小乔木。树姿潇洒清秀，叶色绚丽，叶形优美，为著名红叶树种。其变种红枫，在整个生长季节叶片均呈紫红色，极为美丽，是表现秋天景色的极好插花配叶。

（10）其他。黄金葛、龙血树、彩叶草、花叶芋、斑叶星点木、红叶朱蕉、芭蕉叶、花叶美人蕉、武竹、孤尾武竹、鱼尾葵、皇后葵、龟背竹等的叶子，均在现代插花作品中起着举足轻重的作用。

26. 哪些观果花卉常在插花中得到应用？

（1）表现秋天景色

①紫珠：为马鞭草科的落叶灌木。聚伞状果序，果实如珠，直

径约 0.2 厘米，成熟时为紫红色，有光泽，色彩不变，观赏价值极高。观果期自 9 月上旬持续到 11 月下旬。它是大自然中最独特的表现秋意的花材。同时，串串密集的紫红果实，于明媚的秋阳下，尤如灿烂夺目的玉珠，又是表现丰硕富饶意境的最佳材料。但由于其枝平直单调，缺乏变化，如何修剪，使枝条具曲线变化，果实疏密有致，是插花中枝条处理的技巧之一。

②火棘：别名火把果，为蔷薇科，火棘属。花白色，成覆伞房果序。梨果近球形，直径约 0.5 厘米，于 9～10 月成熟时呈红色。它为插花作品表现秋景的材料之一。

（2）表现秋冬景色

①南天竹。为小檗科南天竹属，常绿直立丛生灌木。枝无刺，少分枝，幼枝常为红色。叶互生，为 2～3 回羽状复叶，深绿色，冬季常变成红色。浆果球形、红色，为直立圆锥果序，11 月果熟。秋冬时节，其红果、红叶美丽耀眼，鲜艳可爱，是难得的表现秋冬景色的观叶和观果的佳材，也是传统的切花材料。

②天门冬。于秋冬时浆果成熟，呈红色，绿叶、红果相互衬托，十分美丽，是常用的叶、果皆宜的插花材料。

（3）表现丰收喜悦。秋季是丰收的季节，也是插花作品常常表现的题材。应该说秋季收获的果实均可作为表现丰收主题的材料。除各类水果（红果秋实）外，还常用观赏南瓜、稻穗、玉米果序等作为插花材料，它们不但表现了丰收的喜悦与"希望的田野"，还表现了人类与自然的亲密关系。

（4）表现特殊效果。如假槟榔等穗状果序，用来象征妇女的头发或流水、瀑布，形象逼真，具有特殊的效果。见彩图"非洲姑娘"。

27. 哪些具有特殊造型和寓意的花卉广泛应用于现代插花中？

（1）鹤望兰。又名极乐鸟花、天堂鸟花，是一种著名的观赏花卉。其叶四季常青，花茎顶生或腋生，且略高于叶片。花型奇特，佛焰总苞紫色，花萼橙黄，花瓣天蓝色，柱头洁白，整个花序宛如仙鹤引颈遥望，故得"鹤望兰"之美名。

鹤望兰的花期从秋季开始至翌年初夏，长达 10 个月左右，花序可开放 30～40 天之久，单花水养观赏期可达半个多月。由于其花色艳丽、姿态如鹤，象征着吉祥、幸福，所以，它成为当今世界公认的高级切花，多用于制作迎接贵宾的花束、花篮、盛花等。

在艺术插花中，鹤望兰有其特殊的作用，只要用数量不多的鹤望兰花序枝，配上刚中有柔的松枝，便是一幅十分理想的、有生命的"松鹤延年"图，是对长辈祝寿的最佳礼品。

（2）扶郎花。又名非洲菊，菊科，多年生草本花卉。篮状花序单生茎端，花梗长而中空，玉立于叶丛之上。园艺品种甚多，花色多样，娇艳动人，是著名切花之一。

由于以"扶郎"为命名，人们常取其意，喜欢在结婚庆典用它同月季等配制成花束、花篮布置新房，以祝愿新婚夫妇互敬互爱，新娘扶持夫君事业有成。在生活插花中，它若与观叶植物的文竹、肾蕨配制，可装点接待室、会议室、厅堂、书房、卧室，观赏效果甚佳。

（3）百合类。为百合科著名花卉，有中国的卷丹、外国的麝香百合、天香百合等。百合花朵硕大，多朵花排列成总状花序，姿态娇娆，色彩秀丽，香味浓郁。百合是纯洁、光明、幸福的象征，是插花的珍品。借助"百合"——百年和好，它成为婚礼、寿辰庆贺之花篮、花束中必不可少的花材。

（4）马蹄莲。又名水芋，为天南星科多年生宿根草本花卉。它在冬暖夏凉地区能全年开花。乳白色或黄色、桃红色喇叭状佛焰花苞里裹着黄色、肉质圆柱型肉穗花序，象征着"同心结"。洁白的苞片，给人以高雅、神圣的感觉。又受诗句"春风得意马蹄疾，一日看遍长安花"的影响，所以马蹄莲还给人以幸福、如意的象征。目前，素洁的马蹄莲已成为重要的切花之一，不仅被广泛用作瓶花、盛花的材料，还可制作成花束、花篮，深受大众喜爱。

（5）火鹤花。天南星科，花烛属，是花叶皆美的花卉。由于其红色苞片呈厚蜡质，所以瓶插水养寿命长达3星期之久，火鹤花珍奇、典雅，有热情、潇洒和充满希望之象征。在新兴花卉业滚滚而上的当今，火鹤花是姣姣者。

（6）大丽花。世界名花之一，菊科，宿根花卉。其花型大且多变，色彩丰富，花期长，园艺品种多，其中蜂窝型品种最常用于切花。它花型似球，饱满紧凑，花径虽较小，但水养观赏期却很长。大丽花意示大吉大利、大喜临门，因此喜庆花篮少不了它。

28. 现代干花类切花有哪些种类？

自然界中有些植物的花朵，原本就具有干花的特性，其花瓣、花萼等含水量低且富有蜡质，在植物体上就呈现出干燥的纸质或蜡质特色，还可长期保持美丽的花型和花色，是不可多得的装饰品和切花材料，我们把这一类切花称为干花类切花。目前，在天然干花类中作切花的主要有麦杆菊类和补血草类。

（1）麦杆菊。菊科，蜡菊属，多年生草本花卉，常作一年生栽培。头状花序单生于枝端，总苞片呈白、黄、橙、褐、粉红及暗红等色。苞片膜质、多层，覆瓦状排列，外层苞片短，内部各层苞片伸长，酷似舌状花。管状花为黄色。

麦杆菊色彩绚丽、光亮，经久耐插，在花卉装饰之风渐盛的当今，为越来越多的插花爱好者所喜爱。

（2）补血草。某些地区称为星辰花，花市上俗称勿忘我。为蓝雪科多年生草本花卉，多作一二年生栽培。补血草形态较特殊，叶丛生于根际，上方圆钝，下方羽裂，酷似萝卜叶。春天自叶丛间抽生花茎，茎多叉状分枝，枝梢密生偏侧性的穗状花序，漂亮的杯状蓝紫色花萼是观赏的部位。在花萼中央生5片离瓣的白色小花，突出于花萼上端，如天际之星点，由此得名"星辰"花。但因花形小且易凋谢，而紫色的花萼又比小花更具观赏价值，在自然的干燥环境下，能持久如新鲜状，这就是星辰花又被称为"不凋花"的原因，大概也是以此派生出"勿忘我"的原因。园艺上真正的勿忘我为紫草科勿忘草属多年生小草本植物，与目前市场上销售的勿忘我切花不同，应加以区别。

补血草以其独特的花色成为倍受喜爱的花材。它与黄色花、满天星等相配插，能表现出高贵、典雅、古朴的格调。

（3）杂种补血草。别名情人草，台湾地区称为小石苁蓉或卡司比亚（音译）。其花苞特殊，由花序的外侧顶端渐往内侧及下方发育成熟。花苞绽放时，花径仅 0.1～0.15 厘米，极小巧，5 枚白色花萼比较长，5 枚淡紫色的花瓣较短。其花形与星辰花共同之处是花萼显著，花瓣隐藏。其枝纤细柔美，花层动感，耐插、耐看，是极佳的插花和干花材料。

杂种补血草花紫灰色，与其他花色极易相配，所以在插花作品中显得异常和谐，远观似树，近观是花，刚柔并蓄。因此，在写景式插花中用它表现远方的树或近处的花，都非常自然。近年来，杂种补血草还因其别名"情人草"而倍受情侣们的喜爱。

29. 哪些兰花类花卉在插花中表现非凡？

兰科植物大致分为地生兰和附生兰两大类，它们在插花中都得到应用。

(1) 地生兰。如报岁兰、蕙兰、春兰等，它们是原产于我国的兰科植物，共同之处是都有芳香的花和优美的带状叶。孔子的"兰为王者香草"影响甚深，江南一带以兰为香祖，称为国香或第一香。无花时节，其体态优雅，气宇轩昂，临风摇曳，婀娜多姿。这就是兰花的神韵所在。在现代插花中，由于兰花色正纯朴，花亭玉立，既表现出高贵典雅，又显得娇柔妩媚、楚楚动人。同时由于不同兰花类花期不同，所以，在插花作品中可用来表现不同的时令和节气。

(2) 附生兰。如蝴蝶兰、石斛兰、文心兰等，其叶片多宽厚，花序弯曲或下垂，花色丰富、艳丽，花型多姿。它们在现代插花中多以活泼、自然和曲线美取胜，或表现彩蝶飞舞，或表现莺歌燕舞，柔情满怀。

①蝴蝶兰。已知原生种约70多种，经杂交选育出的品种已达530多种。其花现有白、粉红、黄、紫红、斑纹色等，其中白、粉红两色品种最多。花期相近，黄花品种春夏开花，名贵的紫红色品种春夏秋季开花，斑纹品种3～6月开花。

蝴蝶兰花形如蝶，花色艳丽，当全部花盛开时，仿佛蝴蝶在绿丛中翩翩起舞，实为洋兰中的珍品，素有"洋兰皇后"之称。花朵可作新娘的捧花、胸花等。

②秋石斛。品种繁多，花多为紫红色，每个花序梗上着生5～20朵小花，单花可开放2周，全花序可维持1个月。其花型活泼，色彩不凡，所以在现代插花中应用甚广。

③文心兰。文心兰花色繁多，有棕、红、粉、红、黄、绿、白色，1年可开两次花，花期长达30～40天。它是最受欢迎的兰花之一。由于每枝花序上小花多达百余朵，插花中只要灵活裁剪，便能适合各种造型的需要，因此它是插花中常用的重要花材。

30. 哪些木本花卉常应用在插花中？

（1）梅花。为蔷薇科落叶小乔木，品种丰富，以"万花敢向雪中出，一树独先天下春"的风韵而名列中国十大名花之首。古代诗人林逋终生隐居西湖孤山，植梅为"妻"，其咏梅名句"疏影横斜水清浅，暗香浮动月黄昏"脍炙千古。梅花于新春佳节前后开放，是文人插花常用的花材，有与松、竹配插的"岁寒三友"，与兰、竹、菊配插的"四君子"等。民间也常有切取梅枝瓶插迎春的习惯。

（2）腊梅。为腊梅科落叶灌木，先花后叶。因其花开于腊月，且花瓣蜡质黄色而得其名。腊梅花香浓郁，花期长达3个月，是冬季瓶插的上品。民间传统佳节，它常与南天竹的累累红果相映，清香扑鼻，趣味横生。

（3）桂花。为木犀科常绿乔木。诗人洪适咏："风清香欲占秋光，叶底深藏粟蕊黄；莫道幽香闹十里，绝知芳誉逗千乡。"此花多为瓶插，为传统的文人插花材料。

（4）碧桃。为蔷薇科观赏型植物。它自古以来便是我国人民喜爱的花卉。它用于瓶插，配以柳枝，桃红柳绿，春意浓浓。

（5）一品红。又名圣诞花，为大戟科常绿灌木，观赏部位为朱红色娇艳的苞片，是冬季，特别是圣诞节重要的切花材料。

（6）茉莉花。为木犀科常绿灌木，著名的香花树种。小花白色、清香，花期长，可瓶插、盆插，也作胸花、头花用。

（7）迎春花。为木犀科著名早春花木，别名金腰带。其花色金黄，早春叶前开放，最先点缀于自然，与水仙、梅花、山茶一起号称"雪中四友"。它枝条细长，飘逸自然，为春季自然式，特别是吊挂式插花的佳材。

31. 用于插花的水生花卉有哪些？

（1）荷花。睡莲科，水生花卉，为中国十大名花之一，有水中美人之称。其丰腴的花儿明丽动人，亭亭玉立的绿叶迎风摇曳，正是"映日荷花别样红"，"绿荷舒卷凉风晓"，难怪荷花早就是赏花者入诗入画的好题材。人们称赞荷为"花中君子"，"出污泥而不染，濯清涟而不妖"。荷花成为清正、廉洁、不同流合污的化身。因此，荷花除了本身具有的外形美之外，还被赋予更为丰富的内涵。

（2）睡莲。睡莲科，睡莲属，同属有40余种。其花有白、黄、粉、红、紫蓝等色。由于它能净化水质，故在园林中作为水景的主题材料，在插花中也起同样的作用。

（3）萍蓬草。睡莲科，萍蓬草属，别名黄金莲。其花为单花，黄色，花径5厘米左右，花期5～9月。

（4）香蒲。为香蒲科多年生草本花卉，别名水蜡烛。花期夏季，花生在茎顶段，呈圆柱形。

总之，在现代插花中，荷花、睡莲、萍蓬草、香蒲等水生花卉，若与黄色的鸢尾相配，可用于表现写景式插花中的水乡和水景。荷花除了表现自然水景以外，还因其意含廉洁、清白，所以，在拟人化或写意插花中常用来借花抒情。

32. 新颖切花针垫山龙眼有何特点?

针垫山龙眼非常耐干旱,原仅在南非内陆生长,现在澳大利亚、新西兰、美国等已种植。世界各地一些超现实主义的插花流派,常选用那些奇花异卉,所以,针垫山龙眼成了他们花艺设计中非常有用的花材,而且常以其特有的花型取胜。

针垫山龙眼为常绿灌木,无花瓣,无数雄蕊紧密集生成直径10厘米左右的圆球形。雄蕊由细长而上端弯曲的花丝和圆点状花药组成。整个花朵形似无数枚花针插在针垫上。雄蕊是观赏的主要部分,雄蕊同样具有奇特的花色,以各种深浅的黄、大红、乳黄或粉红、橙黄色为主,且花色会随花朵的成熟而渐渐加深,这个变色过程好似"太阳落山"。花枝长达35～60厘米,单叶互生,无柄,卵形,先端有锯齿,革质,灰绿色。

在插花设计中,它比较适宜与花序长的花材,如蛇鞭菊、狐尾百合、金鱼草配用;另外,也适合与一些比较光洁的花材,如安祖花、橡皮榕的叶片,配合使用。

针垫山龙眼用作切花具有如下特点:耐水插(可达7～14天),可周年提供,花色丰富而有特色,宜与长枝配用。

使用针垫山龙眼花材时,应注意选择花丝直立,色艳,基部多数雄蕊已经伸展的花枝作切花用;同时3天复剪一次花茎基部(于水中,剪除5厘米左右),并更换水。

33. 菜花、山花、野草等能否作为插花材料?

常言道,花不在贵而在于美。著名切花,固然是插花的上好材料,但生活中的各种菜花及山中小草、路边野花,随手拈来,稍加修剪也颇具天趣。特别是在高呼人类回归大自然的今天，无论中国还是外国的插花大师们和许多插花爱好者，均利用菜花、小草和不知名的山花，创作出一件件贴近生活和"野趣"的插花作品，为插花反映生活、反映人与自然作出了有益且富有成效的尝试。

目前常用芹菜花、葱花、茴香花、白菜花、油菜花、青花菜，以及小蓟、野薑花、野小菊、五节芒、高山羊齿、狗尾巴草、菝葜等作为插花的材料。

在现代插花创作中，还广泛应用了各种无生命的材料，如各种金属丝、绢带、绢花、枯干朽木，各种玩具、用具、小工艺品等其他人工材料。它们或形成比较强烈对比，或"画龙点睛"，点出主题，但应注意质感方面的和谐，切忌喧宾夺主，否则就不是有生命的插花作品，也就失去了插花的本意。见彩图"丰收"、"辉煌"。

材料：葱花，非洲菊

34. 插花中花材应如何进行修剪？

在插花中，根据构思造型的需要，选择了能体现主题内涵的插花材料。由于各种花材的原来形姿很可能在创作中还不尽人意，如何对花材进行"剪裁"，舍去作品中无需的部分，所留的部分能在构图中充分地发挥艺术效果，甚至起到预想不到的作用，这就是花材修剪的目的。为使修剪达到最佳效果，修剪时应注意以下事项：

（1）观察枝、叶、花的生长状况，剪除染有病害、虫害的枝条、叶片和花朵。平行枝、交叉枝、弱枝，除构图特殊需要外，一般也予以剪除。

（2）仔细观察，找出枝条的主视面，以及测算出它在作品构图视线中的位置，再决定取舍方向及长短。

（3）尽量顺应花材自然生长的习性，使其具有天然风韵，线条流畅，弯曲自然。在东方式插花中，这一点显得格外重要。

（4）对于一时拿不定主意是否取舍的枝、叶，暂不急于剪除，尤其是经验不足的初学者，更应考虑再三，或待构图时权衡后，再作定夺，以免因考虑不周，造成构图中难以补救的损失。

35. 插花时重剪切口为什么一定要放在水中进行？

植物体内的导管用来输送水分和无机养料，并将植物体的各个器官联系成统一的整体。如果导管被堵塞，植物体的其他器官（如花、叶）就得不到水分和无机养分，植物将出现萎蔫。

花枝从植物体上剪下来时，常因空气从切口进入导管，造成导管堵塞，使水分无法输送给上部的花和叶。插花时重剪切口，可除去被空气堵塞的下部导管，除去下部花枝因水质不净或其他原因造成细菌感染的部分。重剪切口应在水中进行，这样进入花枝导管的不是空气而是水分，就可有效地防止空气再次侵入和被细菌污染，从而延长切花寿命和插花作品的观赏时间。

然而，这样做也不是一劳永逸的，还必须经常换水，保持插花水质的干净，防止细菌滋生。花材基部的枝叶不能浸泡在水中，以防枝叶腐烂，滋生细菌，坏死组织，污染水质。另外，浸入水中的枝叶即使没有腐烂，也会分解一些有害物质（如多元酚等），从而缩短花材水养的时间。所以，及时摘除插花作品在水中部分的枝叶，也利于延长插花作品的观赏时间。

36. 可采用哪些简单易行的方法提高花材的吸水性？

花材离开植株后，如何提高花材的吸水性是延长其寿命的关键。其具体方法有：

（1）疏叶法。花枝的水分，大部分通过叶片的蒸腾作用丧失，因此在不影响造型的前提下，尽量剪除多余的枝叶，这样不仅使造型清晰，线条流畅，而且可大大地减少花材内水分的不必要消耗，延长花材的寿命。

（2）切口浸烫法。适合于吸水性差或含乳汁的草本花卉，如猩猩草等。具体做法是先将花材上部的叶片及花头用湿布包好，

花枝切口浸烫

然后将茎端 2～3 厘米处浸入沸水中，浸烫至发白（约半小时），取出即放入冷水中浸凉。这样不但可阻止乳汁或浆液继续外流，防止切口堵塞和水质腐败，而且

还可促进水分吸收。

（3）切口灼烧法。此法和切口浸烫法属同一机理。对吸水性差的含乳汁及多肉的木质花材，剪切后应立即用火烧焦切口。其起作用和操作时注意事项同切口浸烫法。

（4）扩大切口面积，增加吸水量。常将切口作以下几种方法处理，以增加吸水量：

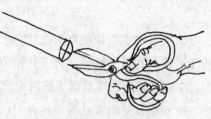

扩大花枝切口面积

①斜切法。将花枝末端切成斜口，斜度越大吸水面积越大，其吸水量也越多。

②按花枝基部口径大小不同，将切口剪成（或劈成）"一"字、"十"字或"#"字，并嵌入小石砾，撑开裂口，以利吸水。

③对木质化程度高的花枝用锤击裂花枝基部，增大吸水面积。

（5）药剂处理。利用化学药品涂抹或浸泡切口，以达到灭菌和刺激吸水的目的。

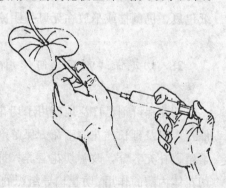

①花枝切口处抹酒精或在酒精内浸泡2～3秒钟，可灭菌，又能促进吸水。

②花枝切口处涂抹硼酸、醋酸、稀盐酸、高锰酸钾，既能杀菌，又能促进吸水。

花枝注射水

③花枝切口处涂抹薄荷油、樟脑等，可刺激植物细胞活动，促进花茎吸水。

④花枝切口处涂抹食盐，同样能达到以上效果。

（6）注射法。对于茎部导管较大的花材及水生植物，可用注射器把水由茎端注入茎内，既可帮助吸水，也可排除茎内空气。

37．怎样抢救因失水过多而快萎蔫的花材？

因失水过多而快萎蔫的花材，抢救得法，同样可以得到利用。切花运输到达目的地后，对于开始萎蔫的花材，不要立即放入水中，应先将其摊在铺有席子的阴凉地上，并立即喷水，经2～3小时，待切花枝叶稍有舒展后，再用以下方法进行抢救：

（1）浸泡法。把花材的花头露在水面，其余部分全部浸泡在水中数小时（具体时间视花材而定），使枝叶充分吸收水分，可使快萎蔫或刚刚萎蔫的大部分花材得以复鲜。

（2）倒淋法。将花束在水中重新剪切后，即放在水龙头倒淋，利用水向下流的冲力，迫使导管充分吸水。花材全部淋湿后，用纸包裹，仍倒挂或平放在无风且阴凉、潮湿的地方。

38．切花保鲜剂应如何使用？

切花保鲜剂已广泛地应用于切花贮前预处理、蕾期采收后的催开，以及延长插花的寿命。保鲜剂的主要作用是抑制微生物的繁殖；补充养分，改善切花营养；抑制乙烯的产生和释放，抑制切花体内酶的作用；防止输导组织的生理堵塞，减少水分蒸腾，提高水的表面活力等。

常见保鲜剂的主要成分大同小异，大致可归纳为三大方面：营养补充物质的蔗糖、葡萄糖，乙烯抑制剂的硫代硫酸银、高锰酸钾，杀菌剂的 8-羟基喹啉盐、次氯酸钠、硫酸铜、醋酸锌、硝酸银等。常见切花保鲜剂成分及使用对象见下表。

常见切花保鲜剂成分及使用对象

切花名称	保鲜剂成分
月季	(1) 蔗糖 3%＋硝酸银 2.5 毫克/升＋8-羟基喹啉硫酸盐 130 毫克/升＋柠檬酸 200 毫克/升 (2) 蔗糖 3%～5%＋硫酸铝 300 毫克/升
香石竹	蔗糖 5%＋8-羟基喹啉硫酸盐 200 毫克/升＋醋酸银 50 毫克/升
菊花	蔗糖 3%＋硝酸银 25 毫克/升＋柠檬酸 75 毫克/升
唐菖蒲	蔗糖 3%～6%＋8-羟基喹啉硫酸盐 200～600 毫克/升
扶郎花	蔗糖 3%＋8-羟基喹啉硫酸盐 200 毫克/升＋醋酸银 150 毫克/升＋磷酸二氢钾 75 毫克/升
百合	蔗糖 3%＋8-羟基喹啉硫酸盐 200 毫克/升

39. 插花中应如何应用配叶？

配叶就是用来扶持、衬托好花的枝叶。枝叶虽然貌不惊人，但在插花中起着重要的作用。无论是线条简洁、意境深远的中国式插花，还是热烈奔放、雍容华贵的西洋式插花，都不仅仅体现在花与容器的选择、造型和色彩搭配上，而且还体现在枝叶的应用中。

枝叶在插花中一般起陪衬作用，以烘托优美的花枝和艳丽的花朵，并可用来填补花枝间的空隙，使作品疏密有致、构图和谐；还可用来遮蔽有碍观瞻的部位或材料，如剑山、花泥，固定花枝的竹竿、铁丝，容器上的小缺陷等。在简洁明快、寓意深远的传统中国式插花中，枝叶的作用尤其不可忽视，三五根枝叶缀以适量鲜花，加上诗情画意的题款，便是足以使观赏者联想的好作品。此时，枝叶构成作品的基调，花朵起到画龙点睛的作用。

其实，枝叶本身也具有一定的观赏价值，特别是那些观叶植物，其叶形美丽，色泽斑斓，可大大丰富作品的图案色彩，是艺术插花中倍受欢迎的材料。不同种类枝叶的色泽、粗细、形态以及着生方式等均不相同。

某些枝叶还给人特定的意义，它们在形成整体构图的意境中起着重要作用。例如，松枝，苍劲挺拔，万古长青；竹子，虚心向上，高风亮节；常春藤，青春常在；红枫，寄寓相思或秋意等。只要妥善处理，巧妙搭配，枝叶便可在插花中发挥其应有的作用。

配叶虽好，但不可贪多，其量要适当，品种以单一为好。假如主花与副花均有叶，二者之中只能选用一种，或二者皆不用，另找其他配叶，否则，就会显得杂乱无章。

总之，插花是一种大众化的装饰艺术品，其形式虽多样，但无论采用那种形式，都不要忘记花中有叶，叶中有花，才能和谐统一，相得益彰。

40. 枝叶如何进行线和形的加工？

线是基本的视觉要素之一。线条有粗细、曲直、浓淡、虚实之分。插花作品中的花、枝、叶、轮廓、边缘及金属丝、绢带等，形成了各种各样具有特定形式的造型线条，从而给人以不同的视觉印象。直线，是线的基本型式，它可表示力量、稳定、刚强，但若在插花中使用过多，便会产生不亲切、古板等不自然感；曲线，比直线灵活、舒展、自然，可用来表现悠扬、柔美、轻快的风貌；斜线，具有特定的方向性和动势，给人以运动和活跃的感觉；垂直线，代表尊严、永恒、权力，给人以巍然不动、严肃、端正的感觉；水平线，代表风平浪静的水面，辽阔无垠的草原，给人以平静、寂静之感，同时给人希望和前进之感；折线，表示方向的改变，给人以上升、下降、前进等方向感；波浪线，被英国著名画家和美学家威廉·荷迦兹称为"美的线条"。

而植物的茎枝多为自然直生的，往往会因平直无姿而影响了插花的艺术效果。所以，与其说插花造型的变化，不如说是插花创作中对线条的灵活运用。如此就不难理解，插花创作中为什么要对枝、叶进行线条加工。

线组成形，而形被广泛运用于各种风格的插花中，特别是在西方式插花中，其总体构图基本上都是各种几何形状，而每一种几何形状在客观上都给人以一定的感觉（形式感）。例如，圆形有流动感，正方形有安定感，三角形有动态平衡感等。因此，了解并合理应用几何形体的表现手法，能使插花作品的视觉典型化、综合化。

在东方自然式插花中，大部分作品总体构图与几何形体表现手法没有直接的关系，但在总体构图分解的各部分中，一般与几何形体表现手法有关，如花与叶及器皿中都具有形体关系。因此，几何形体对插花构图和主题表现起了很重要的作用。所以对枝叶进行形体加工，能增加插花作品的艺术美。例如，用 3 条枝构成三角形，用 4 条枝构成菱形、梯形，用 2 条枝构成月牙形，还可将大型、革质叶片（棕榈、铁树、一叶兰等叶片）进行修剪、弯曲加工，以形成各种造型奇特、别致的形体，可在插花中收到意想不到，甚至无法估量的效果。这就是为什么在插花艺术中要对枝、叶进行形加工的道理。

枝叶常见的加工手法有：

（1）把直线形枝叶弯曲成曲线形，以突出柔美或飘逸；

（2）用剪刀将硬而厚的叶片，剪成各种形状。如将棕榈叶片剪成扇形、棱形、心形以及燕子、飞鸟、蝴蝶等，以表现构图中某一内容。见彩图"群燕腾飞"。

（3）对枝叶进行折叠加工成茅舍、篱笆、帆船、桥或各种规则、不规则的几何形体，来充实和完善构图。见彩图"农家茅舍图"。

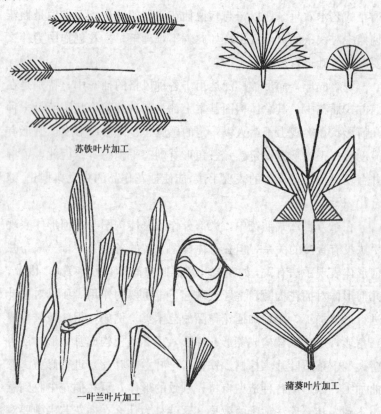

苏铁叶片加工

一叶兰叶片加工

蒲葵叶片加工

叶片加工方法

41. 插花时如何固定花材？

（1）盆插固定

过分细弱、难以固定的花梗或枝条
的固定

①缠绕铁丝或绑扎法。在细梗基部
缠绕铁丝，或将几支细枝梗聚集在一起，
用铁丝绑扎后插入花插或花泥。

②附枝法。在细枝梗基部附加一段
短而粗的枝条，然后一起插入花插或花
泥。

铁丝缠绕法

③套枝法。先将细枝梗插入一段粗而易吸水的茎内，然后将
茎段连同细枝一起插入花插、或花泥。

粗大、重心难以稳住枝条的固定

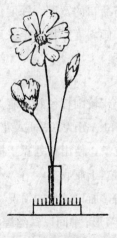

附枝法

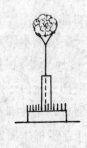

套枝法

49

①加叉状木支架。将枝条基部剪成半切口后，再从中十字剖开，增加切口和剑山（花插）接触的面积。若枝茎太重，不易插出倾斜度时，可加叉状木支架。

②增加枝底支撑力。可用2～3个花插，相互错开咬合在一起，以增加支撑力，然后再插上枝条；或将枝条基部钉在木块上，板上再用石块或较重的花插压住。此法多用在松、柏等粗枝干的固定。

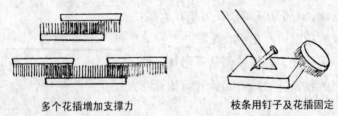

叉状枝架固定

多个花插增加支撑力　　　　枝条用钉子及花插固定

（2）瓶插固定。插瓶花时，不但要求花枝平稳，而且要有一定的角度，显示出花枝的形态，因此要灵活运用瓶插的固定技巧。原则上，先将花材的粗细、份量多寡与瓶口的宽度、深度作一衡量，同时也要考虑枝茎的长短、弹性和倾斜度，再决定采用何种方式固定。现将几种基本方法介绍如下：

瓶口部分

①一字型横木固定。用于一般口径或较细口径的花瓶。在离瓶口4～5厘米处，横撑一根木茎，将瓶口一分为二。插入花材时，由一边斜插入瓶内，并向反方向伸出枝条，使出枝处靠于横木而不靠于瓶口，花枝脚斜抵瓶边或再加脚立于瓶底。

②十字型横木固定。用于花枝较细，瓶口较大的情况。修剪出与花材粗细相当的两枝木茎，叠成十字形，中间以铁丝缠牢，或将一枝木茎中间剖开，夹住另一枝茎，然后再修剪到长度刚好夹在瓶口，将瓶口分为4格，花材按需要放入其中一格。

③Y字型配木固定。用木茎深入瓶口 2～4厘米，做 Y 字形的配木，将花材由前面一枝到后面二三枝夹紧后，加一横木挡住，整个花脚更紧凑、有力。

一字型　十字型

Y字型

瓶口固定

瓶内部分

①贴壁支撑。利用枝条切口部分紧贴瓶壁，上端贴瓶口。

②反弹力支撑法。利用将花枝折弯插入瓶内的反弹力支撑。如果花枝长度不够无法折弯，可另取一段枝条，成一定角度接上并用铁丝缠牢。

③花泥固定法。特殊阔口高身花瓶，花材难以支撑固定时，可使用花泥来固定，但首先花泥要用花插固定好。

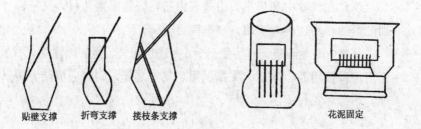

贴壁支撑　折弯支撑　接枝条支撑　　　　花泥固定

瓶内支撑固定

42. 没有花插或花泥时应如何固定花枝？

在使用花篮及浅的盆、盘花器插花时，用花插或花泥固定花材，给插花带来极大的方便。但不等于没有花插或花泥这类插花工具就不能进行插花。无花插或花泥时插花的最简便的方法有：

（1）用河砂代替花插或花泥，为稳固花枝，其四周可用鹅卵石压住。

（2）用扦插花木的珍珠岩、蛭石，再加鹅卵石在四周固定，同样可代替花插和花泥，起到固定花材的作用。

（3）把铁丝团或铜丝网放在容器中，让花梗插在它们的缝隙中，也能固定花材。它们最适于重型花枝和自由式插花的固定。最好购买有塑料皮的铜丝或铁丝，以免金属生锈后腐蚀容器内壁。

用铜丝团
固定花枝

具体做法是：把铜丝弯曲或编成容器所能接纳的形状，并使形成的孔眼大小适合配叶和花枝插入并固定。应注意，铜丝团不要挤得太紧，以免难以插入花枝。铜丝团的中心也不宜太松，否则插入的花枝难以固定方位。

（4）在浅盆中利用小假山或假山石，既能固定花材，又能起到配景的作用，美观实用，一举两得。

总之，因地制宜，用具会不少，办法也很多。但必须注意，不论用何种代用品，除能起支撑、固定花材之外，同时应清洁、美观，不损坏花材。

插花色彩

43. 什么是色彩的三要素？

插花作为一种造型艺术，要以其动人的色彩、优美的造型来吸引欣赏者。而在所有形式美的要素中，色彩给人以最快、最强烈的反应，因此，可以认为色彩是形式美的第一要素。在长期的实践和观察中，人们根据色彩的性质和特征，归纳出色彩的三要素：色相、明度和纯度。

(1) 色相。即颜色的外貌（相貌），它是色彩最根本和最重要的属性，用以区别一种与另一种颜色的表相特性。色相作为颜色种类的名称，又被称为色种、色别或色性。红、橙、黄、绿、蓝、青、紫7种可见光谱色就是7种标准的色相。自然界中的万物在本质上的千差万别，加之色彩的明暗变化、纯净程度不同及环境的影响等，形成了数量惊人的色相。

花草、树木等植物的色彩极为丰富，是大自然色彩的主要来源。如果把红、橙、黄、绿、青、紫6色及两个相邻的标准色之间以不同比例调配，所产生的各种颜色按深浅依次分布在一个圆周上，那么，这样具有色彩顺序排列的圆周将称为色相环。自然界中所有花草、树木的种种色彩都可以在色相环上找到自己相应的位置，此为插花创作时进行色彩设计提供了完美的素材。

(2) 明度。即亮度、光度，它是指颜色的深浅，也就是明暗程度。影响明度有两个方面的因素：一是不同色相比较而产生的明度差别。若白色的明度为 100，黑色的明度为 0，按从强到弱的顺序排列，各色相明度值如下表所示；二是指色彩本身因光照强

各色相明度值

色相	明度值	色相	明度值
白	100	纯红	4.93
黄	78.91	青	4.93
橙黄及橙	69.85	绀青	0.90
黄绿及绿	30.33	暗红	0.80
红橙	27.33	青紫	0.36
红	11.00	紫	0.13
青绿	11.00	黑	0.00

度的不同而引起明暗变化。物体在光照条件下，因受光面、过渡面、背光面位置的不同，受光部分颜色浅、明度高，背光部分颜色深、明度低，过渡面介于二者之间。另外，物体在光照条件下，受光照强度的影响，光照强颜色浅、明度高，光照弱颜色深、明度低。因此，对于每一种标准色来说，在明度上没有差别，但由于受光的强弱不同，就产生了各种不同的明暗层次，从而强化了物体的立体感。

（3）纯度。即饱和度、鲜艳度或显明度，它指颜色中含色彩成分的多少和颜色的鲜艳程度，实为颜色的纯净程度。

红、橙、黄、绿、青、蓝、紫均接近于光谱的色相，为强纯度的色相。反之，距光谱较远者则为弱纯度色相。一般来讲，纯度越强，色泽越好，颜色越鲜艳。除此之外，表面光滑程度及清洁程度也会影响颜色的纯度，表面光滑、洁净的物体颜色纯度高，表面粗糙、不洁净的物体颜色纯度低。

当然，在自然界生长的花卉植物中，绝对纯正的颜色是不存在的，插花时应根据主题内容等来选择花材。一般为突出热烈气氛，体现装饰效果，应选择色彩纯度较高的花枝，但要注意色彩及色彩与容器之间的和谐，否则可能产生杂乱或刺激感，令人感到不快或心烦。

44. 什么是原色、间色、复色？

（1）原色。也叫第一次色，指能混合成其他一切色彩的原料。颜色中的红、黄、蓝为标准的三原色，其余的颜色都不是原色。

红色调的颜色较多，有肉红、红血红、桔红、银朱、锈红、火红、土红、绀红、红丹、赭红、雪红、绯红、深红、枣红、西洋红、紫红、玫瑰红、莲红、宝石红等。

黄色调也有很多颜色，有奶油黄、槐黄（淡黄）、柠檬黄、莺黄、柳芽黄、蛋黄、明黄、姜黄、粉黄（蛾黄）、浓香黄（雅梨黄）、淡茶黄（米黄、茉莉黄）、藤黄、黄香（琥珀色）、土黄、大黄、浊黄、古铜黄、深卵黄、杏黄、驼黄、柘黄、卡叽黄、深赭黄等。

蓝色调有宝蓝、藏蓝（藏青）、浅品蓝、品蓝、天蓝、深月蓝、翠蓝、月色、群青、深海军蓝、深月、雅青（海军色）、浅翠蓝、铁青（电蓝）、浅缥（浅蓝）、姣月（湖蓝）、深青（深灰蓝）、正月（钴蓝）、青缥（灰青）、蓝灰（蓝鼠）、青碧（清水蓝）、靠色（瀑布蓝）、青葱（玉钗蓝）、松石色（纯青）、普蓝、靠灰（天井蓝）、古月（蔚蓝）、孔雀蓝、水蓝等。

（2）间色。也叫第二次色，即由两原色混合而成。间色有橙、绿、紫 3 种。其中红＋黄＝橙色，黄＋蓝＝绿色，红＋蓝＝紫色。

（3）复色。也叫第三次色，两间色相加即成复色，黑浊色与一原色的混合，也称复色。其中橙＋绿＝橙绿（黄灰），橙＋紫＝橙紫（红灰），紫＋绿＝紫绿（蓝灰）。

任何一种复色虽然并不一定是三原色所能调和出来的，但它们都含有三原色的成分。不管纯度多高或多低的复色，红、黄、蓝都参与组合，只是每种原色含量多少不同而已。

45. 哪些颜色称为调和色？它们之间有什么区别？

调和色称姐妹色或类似色，它包括同种色、同类色、同性色三小类。

同种色基本色相相同，它们的主要区别在于光度不同。例如，红与白，红与黑相互调合后引起明度变化的两组色彩即为同种色。在同种色组中，距离不太远的两色或数色都称为同种色，它们在一起时色彩都显得比较调和。有些调和色，基本色相一样，但由于光度上差异较大，显得两色差距大，布置在一起时有较强的对比，尽管如此，仍可视为调和色。

同类色与同种色的区别在于色相上，不过由于各同类色之间只是各自所含的两色比例不同而已，因此，同类色组各种颜色相互之间也颇为亲近和相像。例如，红、黄两色按不同比例调配，即得一组同类色。与同种色的情况相似，互补两色不等量调配所产生的各色都是同类色，但从调和色的意义出发，只有色阶相距不太远的各同类色并置才有效果，相距愈远愈失去了同类色的意义。

同种色、同类色是分别相对于明度、色相而言的，而在纯度方面具有亲近关系的各色，则可称为同性色。由于同性色在明度、色相、纯度三方面都不同，因而较之同种色、同类色，也似乎显示着更为疏远的关系。从严格意义上说，同性色最主要的是色彩感情（如温度感）相同，这恰好区别于同种色和同类色。例如，标准绿和灰绿给人的冷暖感觉是一致的，它们是同性色，但其明度、色相、纯度都不相同。

46. 什么叫对比色和补色？它们在插花中有何应用？

对比色指色相、明度与纯度对比。当然，对比仅仅是相对而言，调和色与对比色之间就没有绝对的界限。一般情况下，可将色相环上相距60度范围之内的各色称为调和色（同类色），60度至180度范围内的各色称为对比色。对比色达到极点时，它们各自的色彩都在视觉上加强了艳度，显得更加强烈，即在色轮上的距离正好为180度，如红—绿、黄—紫、橙—蓝就是作为补色的两色。

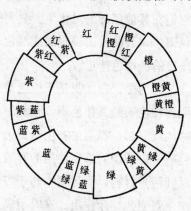

色轮示意图

在现代插花中，常通过色彩对比的手法来突出主题或强调气氛。而互补的两色并列时，形成强烈对比，色彩呈现跳跃、极新鲜的效果。例如，"万绿丛中一点红"，这一点红就是起着画龙点睛的作用。但互补的两色并列时，特忌等量分配而相互排斥，给观赏者带来视觉上的刺激或不悦的感觉。

47. 黑、白、灰能划入色彩的行列吗？它们在插花中有何应用？

在色彩绘画的理论中，把黑、白、灰作为色彩看待。黑、白两色是颜料三原色和光的三原色相混合的结果，即它们是色彩调配的结果。而灰色是黑、白相调合或互为补色的彩色相调合而产生的。

黑、白、灰作为色彩中的一个特殊系列存在于自然界中，它们是色彩体系的重要组成部分，在色彩构图中的作用极为活跃。

在插花画面上，有时直接用黑、白、灰作为某一部分的描绘，它们在其他色彩的对比下会显得十分微妙。例如，灰色在绿色的包围中，会散发出暖暖的淡红色；而在红色的包围中，又会出现冷冷的淡绿色味道。

因为黑、白、灰是三原色最终调合的结果，所以它们成了谐调各种色彩的最佳色彩。强烈对比的补色，恰当地用黑、白、灰冲淡或分割，都会使补色达到谐调的效果。这是插花中使不谐调色彩变得谐调的最常使用的有效手段。例如，插花中只有红花和绿叶两种材料，而且基本趋于等量，两个互为补色的红、绿花材产生强烈的排斥作用。这时用满天星点缀于红、绿之间，顿时就会使作品变得既有对比又得到谐调统一。

现代插花中还常应用光泽色（金、银和荧光色），它们与黑、白、灰具有一样的特性，即对于绝大多数的色彩都能达到调和的效果。

在花卉中，虽也有白色、金黄色等品种，却无黑、灰、银、荧光等颜色。然而，插花用的器皿、附加的金属材料及绢、绸、缎带等，则往往具有黑、金、银、灰等色，插花设计时应善于运用它们，便可衬托出花材本身固有的色彩美。

48. 不同色彩的不同感觉在插花中有否应用？

（1）温度感。也叫色性或冷暖感。这是一种最一般最重要的色彩感觉。色彩冷暖的观念，是人们在心理作用下形成的。例如，看到青、蓝一类色彩时，联想到了冰、雪、海洋、蓝天、江、河、湖等，产生寒冷、冰凉的感觉，则称此类色为冷色；看到橙、红、黄一类色时，联想到太阳、火、炎夏、热血等，从而产生温热的效应，因此，这一类色为暖色。可见冷暖色的划分是由于人看到了颜色后，引起感受的不同而赋于色彩的冷暖概念不同。色相环（色轮）上一般把青绿、蓝、蓝紫这半圆的色彩叫做冷系列色，而把深红、红、橙、黄绿所在半圆上的色彩称为暖系列色，黑、白、灰称为中性色。

在插花的色彩配置中，暖色为主调或冷色为主调应随季节、环境内容而变化：冬季，宜多用暖色花卉；盛夏，宜以冷色花卉为主调；在婚宴、庆典等喜庆场合，应以暖色花卉为主体体现热烈的气氛；光线较差的室内，应以白、黄、橙色为主的花卉来提高明度和温度感。

（2）胀缩感和距离感。暖色调的红、黄、橙色给人们的感觉是特别明亮且清晰，有膨大、接近的感觉；而冷色调的绿、蓝、紫色有后退、远离、幽深、模糊、缩小的感觉。例如，节日夜晚观看红、橙、黄色的焰火，感觉靠我们很近；而绿、紫、蓝的焰火，则感觉离我们较远。正因为如此，冷色背景前的物体显得较大，暖色背景前的物体则显得较小。在插花创作中，常以青绿色的叶片来作背景，以更有效地突出花枝的形象。影响胀缩感除了色相冷、暖之外，不同的光度也是形成色彩胀缩感的主要原因，同一色彩在光度增强时显得膨胀。

一般来讲，光度较强，纯度较高，色性较暖的颜色，具有近距离感，反之则具有远距离感。6 种标准色的距离感按由远而近的顺序排列为：紫、青、绿、红、橙、黄。

插花时可利用花材的不同色彩所引起的不同距离感，使它们之间形成巨大的色彩空间，以增加插花作品的层次，丰富作品的情趣和意境。当然，这是由色彩的多种因素共同构成的，但其中色彩的胀缩感起了重要的作用。

（3）重量感。不同色相的重量感与色相明度的差异有关，明度强的色相重量感小，明度弱的色相重量感大。红色、青色较黄色、橙色来得厚重，白色的重量感较灰色轻，灰色又较黑色轻。

同一色相中，暗色调重量感最重，明色调重量感轻，标准色相介于明、暗色调之间。

色彩的重量感对插花作品的色彩配置关系甚大。具体来说，容器是整个插花作品构图中不可忽视的一部分，而且在绝大部分情况下，它在构图的最下部，所以宜用较暗的色调，显得较稳重。其花材部分，色彩较重、体积大的应放在整个构图的下部或中下部，以保持整体色彩视觉上的稳定。

（4）面积感。面积感仅是主观感觉上扩大或缩小的错觉。一般来讲，亮度强的色相，色相饱和度大的，物体受光面及运动感强烈、呈散射运动方向的色彩，其面积感觉大；反之，亮度弱的色相，色相饱和度小的，物体背光面及运动感弱、呈收缩运动方向的色彩，其面积感觉小。例如，白色系色相的明色调，主观感觉上面积较大；黑色系色相的暗色调，主观感觉上面积较小；橙色系的色相，主观感觉上面积较大；青色系的色相，主观感觉上面积较小。

因此，在插花时应根据构图和意境的需要搭配色彩，使其在整个构图中从面积感觉上占有一定比例，以取得和谐与均衡。

（5）兴奋感。色彩的兴奋感与其色性的冷暖基本吻合，暖色为兴奋色，其中以红橙色（绯色）为最；冷色为沉静色，其中青色为最。

色彩的兴奋程度也与光度强弱有关：光度最高的白色，兴奋感最强；光度较高的黄、橙、红色，均为兴奋色；光度最低的黑色，感觉最沉静；光度较低的青、紫色，都是沉静色；绿、紫色及黑白相当量的灰色，光度适中，兴奋与沉静的感觉也适中。例如，见到红色的花朵，必然会感到热烈、欢快；而见到紫蓝色的花朵，则有沉静和庄严、端庄的感觉。这就是色彩的兴奋感给人们带来的情绪。因此，在插花时应把此因素考虑在内，使色彩与作品的主题内容不但一致，而且突出主题。

49. 色彩有什么感情象征？

色彩本身并无感情内容，但平时看到色彩时，总会产生某些心理活动，联想到许多事情，自然而然地蒙上了感情的羽纱，并由此产生了色彩的感情象征及对不同色彩的感情。

色彩的感情象征并不是绝对不变的，会因人、因时、因地及同一个人的不同情绪等因素的不同而不同，但其中也不乏共性。色彩的感情象征不同于一般的感情，其中有其复杂而微妙的一面，这是人们在长期的社会生活中运用、认识色彩以及习惯形成过程中才赋予的。

(1) 红色。是人类最爱好的色彩，给人以温暖、光明、美好、热烈、活泼之感，同时也有危险、恐怖之感。

(2) 橙色。给人以华丽、高贵、庄严、明亮，以及焦燥、卑俗之感。

(3) 黄色。给人以富裕、豪华、丰收、温和、光明，以及颓废、病态之感。

(4) 青色。给人以希望、坚强、庄重之感。

(5) 蓝色。给人以清新、沉远、宁静之感，有时有压抑之感。

(6) 绿色。是生命的象征，是大自然的主宰色，给人以优美、舒适之感。

新春的嫩绿，体现出万物的生机，青春的活力，这是绿色的基本感情象征。因为人类的衣、食、住、行等等都离不开绿色植物，因此，绿色表现出的色彩感情象征富饶、希望和安祥。

同时，因绿色的草原和海洋开阔无际，因此，绿色又有深远之意；浓绿的森林阴湿沉静，绿色也带来了深沉、幽暗之感；橄榄绿却具有和平、希望、喜悦等特殊的象征。

（7）紫色。给人以华贵、古朴、典雅、娇媚之感。

（8）褐色。给人以严肃、浑厚、温暖，以及消沉之感。

（9）白色。给人以纯洁、神圣、清爽、轻盈之感，有时也带有哀伤、不祥之感。

（10）灰色。给人以朴素、稳重、随和，以及消极、憔悴之感。

（11）黑色。给人以严肃、安静、神秘、尊贵，以及黑暗、悲哀、压抑、不幸、恐惧、忧郁之感。

色彩的感情象征意义具有非常重要的艺术价值。在插花作品的创作中，构图固然重要，但色彩也不容忽视。有效地应用色彩这一特性，不但能使插花构图更加完美，而且能让观赏者感受到色彩的艺术魅力，并领略到更加深远的艺术意境。

50. 何谓色彩设计？插花色彩设计时应考虑哪些问题？

提到色彩，首先反映在脑海里的就是五彩缤纷的花朵，花朵的不同色彩给人以不同的感觉。在一件艺术插花作品中，任何花材的色彩都不是孤立的，而是与其他色彩成对比或成调和的形式共同存在的，并且组成相互协调的完美的艺术整体。这就必须人为地将花材给以最适当的处理或配置，实际上这就是色彩的设计。当然，设计时一定要遵循色彩配置的普遍规律，才能收到理想的色彩综合效果。

进行插花色彩设计时，首先要必须了解各种花材的颜色，了解不同花色的花材在插花构图中的作用以及它的最佳"搭档"，从而更好地利用两种或两种以上的色彩进行配置，以产生富有特色的表现效果。色相的选择、面积的大小以及它们的配置方位、对比关系等，都是色彩设计考虑的问题，也是色彩表现的决定因素。

51. 何谓调子？为什么每种插花作品都只能有一个调子？

调子原是音乐中的一个术语，用来表示一首音乐作品的"音高"位置和其"色彩"。

将调子借用到插花艺术中，是因为调子一语能很方便、准确地表示一个插花作品画面上的那种综合感观效果，即画面上花材的取舍、构图、明暗、色彩，以及作者在作品上流露的情感等诸多因素造成的综合效果。

插花作品根据构成画面的主要因素不同，其调子有 4 种不同的分类：

（1）根据色彩明度而定，有亮调，也称高调；反之，叫暗调或低调；二者之间的称为中调。

（2）根据色彩倾向因素而定，即要确立一个主色调，如红调、紫调等。

（3）根据色彩冷暖倾向的因素而定，即按冷暖色量而使整个插花作品画面产生色彩倾向，有冷调、暖调或冷暖交融中等调等。

（4）根据作者表达的某种情绪而定，有欢乐、轻快的调子，忧伤、悲壮的调子，平静祥和的调子等。

音乐中的 7 个音符可以组成无数首曲调。插花作品中色彩运用得当，同样可以组成各式各样调子的画面。每一个画面既表现了其特定的内容、环境、气氛，也表现出特定的色彩、光线，形成了一个不再变动的整体画面，它向观赏者表达自己独特的调子和情绪。因此，一个插花作品只需有一个"调子"，也只能有一个"调子"。

52. 确立调子后，色彩设计中还应掌握哪几个方面的问题？

色彩是插花造型的主要要素之一，确立调子之后，设计中遵循形式美要素的组合原则时，还应掌握以下几个方面的问题：

（1）色彩布局平衡。布局上色彩的平衡是插花构图的重要原则之一。为求得色彩平衡，插花作品的布局上应"虚设"一条中轴线，花材色域的重量就在轴线两边起作用。如果只考虑轴线两边花枝数量、花朵大小均极其相近，还不能肯定中轴线两侧是否布局平衡，因为尚未将色彩平衡考虑在内。因此，插花时应当把轻、重两色系的花朵交错排列，"等量"地分置于两侧，才可造或色彩布局的平衡。同样，若把重色系的花枝插在构图的上部，轻色系的花枝插在接近下部，便会产生头重脚轻不稳的感觉。所以，上下稳定，左右均衡，是插花色彩设计时必须遵循的准则。

（2）色彩和谐。在插花中，花卉色彩的配置往往是作品效果的关键。因为花卉色彩具有强烈的感染力。所以运用色彩，科学地对色彩进行设计，是插花创作中发挥感情作用的重要依据，也是插花装饰达到理想效果的具体措施。

确立一个主色调，是插花色彩设计的关键所在，使其他色彩都围绕着主色调起陪衬作用，也就是所谓的主次分明。此在西方大堆头式插花中尤为重要，因为此种插法，颜色是越多越好，在这么多的花色里，若不确立基调，显然是难以求得色彩的和谐。中国的传统插花艺术，虽不讲究色彩丰富，通常二三种即可，但同样存在着谁主谁次的问题。

色彩的和谐，实际上还关系到每个人的审美观点。通俗讲，各种色彩相互搭配时不应有明显的冲突。在色彩组合中，单色配置显然易获得调和的效果。若将调和色配置在同一件插花作品中，无论出现几种色相，均会表现出统一协调、优美柔和的艺术效果。

（3）色彩对比。在色彩组合中，如果调和色以柔美统一见长，那么，对比色则以矛盾对立为特点了。在插花的色彩设计中，假如善于利用各种花朵在色相、明度、冷暖等方面的强烈对比，则可借对比色的鲜明对照，浓郁的气氛、强烈的刺激而获得独特的效果。

对比色的组合效果，在补色组合方面得到的效果尤为突出。在插花作品的创作中，作者都十分重视绿叶的配置，因为它是带有原色的补色，对比最强烈。但对比色应用关键也是要处理好主角与配角的关系：一是主次分明；二是色彩疏密相间，忌平均分配。如面积大小相似的补色组合，效果极差，显得十分俗气、乏味；三是利用黑、白、灰、金属色等来调和对比色，避免产生色彩失调和刺目，如满天星或情人草就能起到这个作用。

总之，在运用对比色，尤其是互补的花色进行插花构图时，定要运用得当，注意使互补的色彩主次分明。同时，利用不同色彩局部之间的相互穿插，做到对比之中有呼应，便可获得既统一、和谐，又生动、鲜明的理想效果。

（4）色彩配置应切合作品主题和背景。作者通过苦心构思，进行色彩设计，使之与背景协调，与主题内容一致，并能加深意境。它虽然以自然色彩的某些特征为基础，却不以自然色彩的美为满足，会更高于自然色彩的群体美、综合美和意境美。

插花构图

53. 东方式插花有哪些基本型式?

东方式插花一般由 3 个主枝构成,由长至短分别称为第一主枝、第二主枝和第三主枝。

在谈具体插花型式之前,应了解插花创作中的两个概念问题:

(1) 花器尺度＝花器高度＋花器口直径

(2) 各主枝长度

①瓶式花器。第一主枝高度＝花器尺度的 2 倍。

②盆式花器。第一主枝高度＝花器尺度的 1.5 倍。

第二主枝的高度为第一主枝的 ¾～⅔,第三主枝的高度为第二主枝的 ¾～⅔。

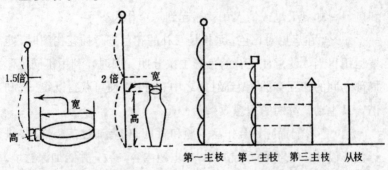

第一主枝高度与容器的比例　　　　各主枝高度的比例

66

围绕这3支主枝所补充的花枝称为从枝。在插花作品中，从枝是用来充实整个构图的，所以从枝的数量不限定，可视作品需要而增减，但每支从枝的高度都不能超越各自从属的主枝。只要按审美及艺术修养的观点去安排，才能在主枝"骨架"的基础上，充实好从枝，完成一件优秀作品。

东方式插花分盆插和瓶插两种

（1）盆插（盛花）

①直立型。直立型是盛花中的基本型式。第一主枝 A 直立在盆的左后角；第二主枝 B 插在第一主枝左前方，向前倾斜 50°～60°；第三主枝 C 插在第一主枝右前方，向前倾斜 45°～50°。其要点是第一主枝必须直立，第二、第三主枝则略带倾斜。

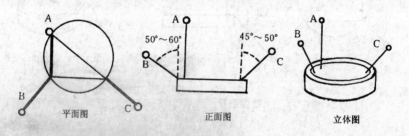

直立型盛花基本花型示意图

②倾斜型。第一枝 A 以 70°倾斜插在水盆的左前方（即上述直立型的副位）；第二枝 B 直插在盆的左后角（即直立型主位）；第三主枝 C 位置倾斜，与直立型相同。它的要点正好是直立型的主副位置互相调换，而主枝倾斜角度更大，所以又叫做前立插型。

③下垂型。第一主枝 A 位置如倾斜型，但须由上垂下，长度没有限制，由需要而定；第二主枝 B、第三主枝 C 位置方向、角度均与倾斜型基本相同。

④直上型。第一主枝 A 直插在盆中央；第二主枝 B 直插在第

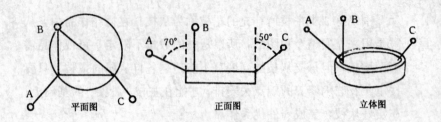

平面图　　　　正面图　　　　立体图

倾斜型盛花基本花型示意图

一主枝之左前；第三主枝 C 直插在第一主枝的右前方。其要点与直立型相似，不过直上型的 3 枝主枝均插在中央，直上而不倾斜。

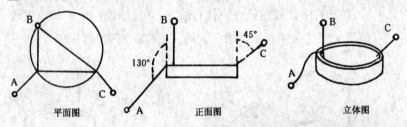

平面图　　　　正面图　　　　立体图

下垂型盛花

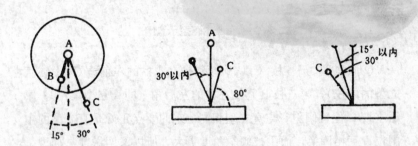

直上型盛花基本花型示意图

⑤对称型。第一主枝 A 插在盆的中央，向左前方倾斜；第二主枝 B 插在第一主枝前向右倾斜；第三主枝 C 插在第一主枝前方

68

居中直立。其要点是第一、第二两枝虽然左右倾斜方向不同，而花枝的高低近似于对称。

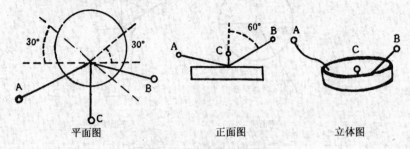

对称型盛花基本花型示意图

（2）瓶插

①倾斜型。第一主枝 A 插在瓶左边，向左倾斜；第二主枝 B 插在第一主枝前，但须直立；第三主枝 C 插在第一主枝前略倾斜。其要点是不论其他花枝直立或倾斜，第一主枝必须要有倾斜度。这也是瓶花的基本型式。

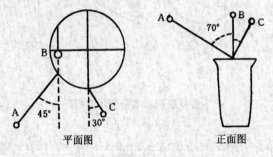

倾斜型瓶花基本花型示意图

②直立型。有时把直立型称为立直型投入式。第一主枝 A 直插在左中央；第二主枝 B 插在第一主枝后面，但向左倾斜伸出；第三主枝插在第一主枝前略作倾斜。其要点是第一主枝须直立，第二、第三主枝略带倾斜。

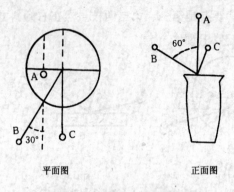

平面图   正面图

直立型瓶花基本花型示意图

③下垂型。第一主枝与倾斜型位置相同，只是要垂下，下垂长度不加限制；第二、三主枝与倾斜型同。

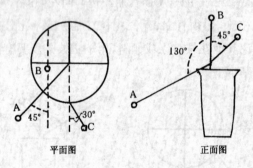

平面图   正面图

下垂型瓶花基本花型示意图

④直上型。第一主枝 A 在瓶中直立；第二主枝 B 在第一主枝的前面并略向左倾斜；第三主枝 C 在第二主枝略前，向右倾斜。其要点与直立型大同小异，唯 3 枝主枝皆是直上型式。

⑤对称型。第一主枝 A 由中央向左倾斜向上；第二主枝 B 由中央向右倾斜而向上；第三主枝 C 在中央直立。其要点在于主、副两枝虽倾斜，但方向不同，而插出花卉的高低近似对称。

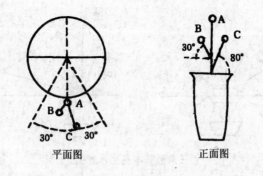

平面图 正面图

直上型瓶花基本花型示意图

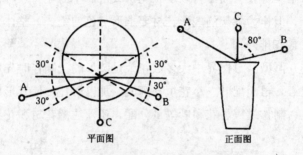

平面图 正面图

对称型瓶花基本花型示意图

54. 西方式插花有哪些基本型式？

西方式插花通常被称为"花朵的排列艺术"，它注重整体效果和色彩效果，颜色调和，角度明朗，花枝排列均衡，花枝和花器比例适宜，极富装饰性和图案美。其主要型式有：

（1）三角形。这是一种最基本插法，可插成正三角形、等腰三角形和不等边三角形，具体应插成哪一种三角形主要视环境而定。制作时先插直立顶点的花枝，而后插横向花材，构成三角形轮廓，最后插配枝、丛枝，完成构图。

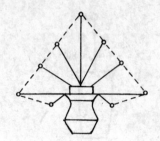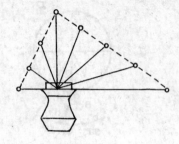

三角形基本花型示意图

（2）扇型。扇型设计是利用线形花材，先设定出扇形骨架，每一花材基本等长。而后再以块状花材或密而小的花材及叶片来添加补充。但作为骨架的线形花材要求形与色均统一，整体外形呈放射状整齐排列。

（3）圆型。自然界中大多数花朵是圆形的。制作时先用花朵插制重心，再用配叶、小花填补画面，加以衬托，使其形成完整的图案。制作过程忌花和叶等量分配，还须注意花材和花器相互密切配合。

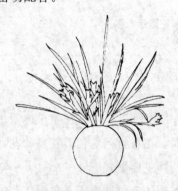

扇型基本花型示意图　　　　　　　**圆型基本花型示意图**

（4）球面型。这是常用的艺术盛花型式，为四面对称构图。插制时要十分注意花的平均分配，图型表面应圆滑，色彩搭配多用同类色或调和色，容器多选择低矮平盆，以突出半球的丰满。

（5）椭圆型。椭圆型插法采用集团式手法，其主要特点是着重自然美，强调气氛，具有一定的神秘感。容器应能体现稳重感，古典式容器更适合。它适用于空间位置较大的礼仪式场合。

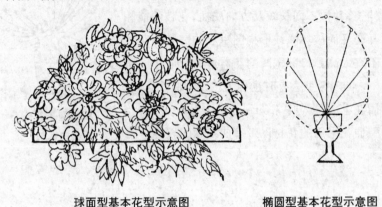

球面型基本花型示意图　　　　　**椭圆型基本花型示意图**

（6）菱形。菱形插花是桌面上插花的最基本造型，也常在瓶插和盆插中得到应用，是插法简单、应用广泛的一种造型。其主要特征是充分体现菱角。

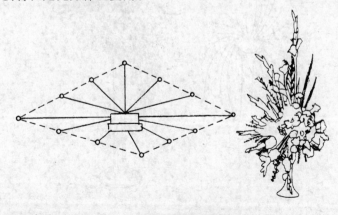

菱形基本花型示意图

73

（7）弧线型。整体造型犹如"月芽"，所以又称新月型。其造型奇特、优美，有强烈的流动感和曲线美，具有较高的观赏价值。此造型应选柔软花枝为宜，各个花枝均依据弧线来伸长，并按不同长短及方向安插，花枝不能相互交叉而破坏弧线形构图重心的完整。花器不宜太高，口部宽阔的花器最为合适。

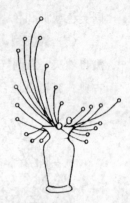

弧线型基本花型示意图

（8）S型。有时也称为"蛇形曲线"，是插花艺术展览中常见到的西方插花型式。S型插花采用的花材以带有曲线状的较佳，花

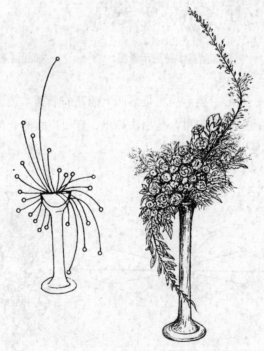

S型基本花型示意图

朵应中间大、两头小逐渐过渡。花器宜选高瓶为妥。

(9) L 型。L 型构图简单，造型线条流畅、美观，易于掌握，经常用于盆插。插制时花插在靠近盆的任意一端，主枝一直立，一横插，二者成直角，呈现出 L 型。然后在两主干上分配大小不等的花朵，花朵大小和色彩配置应符合构图原则。

(10) 倒 T 型。倒 T 型属于对称型，所以插制时，主枝先插在盆的中央位置上，然后在主枝的两侧各横插一枝，使其呈⊥型，接着在 3 条主枝上填补花朵，完成构图。其主要表现优美的线条，插时须注意焦点和美感。

L 型基本花型示意图   倒 T 型基本花型示意图

(11) 圆锥型。圆锥型设计在形状上与埃及的金字塔相同。圆锥形无论那个角度观赏，都能显现出美感和稳重感。插制时第一主枝垂直插在容器的中心位置上，第二枝、第三枝，第四枝、第五枝，第六枝、第七枝，第八枝、第九枝分别处于不同的角度，对称地插在主枝的两侧，使插花底座呈现出圆形轮廓。同样，在不同角度与主枝共同组成 4 个垂直的等腰三角形立面。最后用填充花补充，完成圆锥形。插制前选用不高、圆形口，且具有稳重感的容器为最佳。

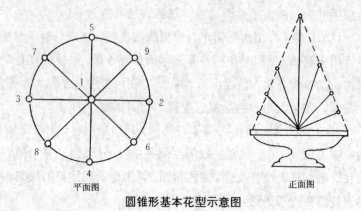

平面图　　　　　　　　　　正面图

圆锥形基本花型示意图

55. 何谓构思？何谓构图及构图取势？

构思实际上是创作者对自然材料、生活材料进行加工改造的复杂的思维过程。没有构思，插花作品就不会在艺术上有所创新和升华。

构图也称布局，它是构思的具体表现，是自然素材与艺术创作之间的桥梁，成功的构图体现着自然美与艺术美的巧妙结合。

郑板桥曾在《题竹》中写到：江馆清秋，晨起看竹，烟光日影露气，皆浮动于疏枝密叶之间。胸中勃勃遂有画意。其实胸中之竹，并非眼中之竹也。总之，意在笔先者，定则也；趣在法外者，化机也。独画方乎哉！郑板桥绘竹之言也适合于插花创作。插花创作过程应分为 3 个阶段：第一阶段为"眼中之竹"，它源于生活；第二阶段为"胸中之竹"，就是构思；第三阶段"手中之竹"，即构图。第三阶段非常关键，它涉及到如何恰如其分地利用花材，如何构图取势，如何进行色彩配置，以尽可能在作品中取得立意效果，变作者的创作结果为欣赏者参予再创作的结晶。

构图取势指如何去表现花卉美的姿态，使其源于自然美而胜

76

于自然美。插花创作如同绘画一样，须先有高雅的意境，然后通过构思、构图，并因材取姿、取势，才能表达出既美丽又生动的画面。应该明白，插花构图本身并不是最终目的，其原意在于表现，在于使插花的主题获得具体的完美的形象结构，以增强插花的艺术效果。当然，这种艺术效果的获得，来自生活的体验，来自文学的修养，来自对传统的造园艺术、盆景技艺和绘画技艺的融汇贯通，即有赖于很多经验与智慧的累积，其中有许多道理似乎只可意会不可言传。

56. 什么叫"黄金分割"？

发现"黄金分割"比例关系的是古希腊著名的毕达哥拉斯学派，他们认为艺术美来源于数的协调。

"黄金律"、"黄金段"实际上就是"黄金分割"。它指事物各部分间的一定数字比例关系，即将一整体一分为二，较大部分与较小部分之比等于较大部分与较小部分的和与较大部分之比。用公式表示为：

A>B，则 A：B＝（A＋B）：A

求得结果为 1.618：1，约为 8：5。一般说来，按照此种比例关系组成的任何图形，都表现有变化的统一，显出其关系的和谐。但在实际运用上，最简单的方法是把 3：2、5：3、8：5、13：8、21：13 等比值作为"黄金分割"的近似值。

按"黄金分割"的比例分成的两条线段，以这两条线段为边组成的长方形叫做"黄金长方形"，在黄金长方形中，如果按宽的长度截去一个正方形，余下的长方形仍是黄金长方形。在这个新的黄金长方形中，还按照它的宽截去一个正方形，余下的也仍然是一个黄金长方形。这一过程可以无限地循环下去。这种现象可以在大自然的螺旋形中见到，也可据此求作螺线弧。

文艺复兴时期艺术家注意到"黄金分割"在艺术中的意义，认为"黄金分割"无论在艺术上，还是在自然中，都是形成美的最佳比例关系。在植物中，如牵牛花、梅花等有 5 个花瓣，把 5 个花瓣连起来就组成了一个五边形，此也是黄金比的形态之一。

57. 在插花构图中如何应用"黄金分割"？

在插花构图中，和谐的比例关系是插花美的必不可少的重要因素，它对插花作品的形式美具有规定性的作用。其比例关系一般包括两个方面：一是插花作品中各种材料的长度、粗度、高度、色块面积之间的大小关系；二是插花构图局部与局部、局部与整体之间的大小关系。

当然，在具体插花构图过程中，并没有必要像数学关系式那样精确，可围绕一定的比例关系上下波动，并且常因人不同而导致采用不同的比例关系。因为在艺术和欣赏活动中，比例实质上是指对象形式与人有关的心理经验形成的一定对应关系。当一种艺术形式的某种数理关系与人在长期实践中形成的心理经验相契合时，这种形式就可被称为符合比例的形式。正因为如此，在插花构图时，用不着机械的圆规和直尺，而只需用"心理的尺度"来衡量。

在插花构图中，"黄金分割"主要应用于以下几个方面：

（1）外形上确定合适的整体比例。任何一件插花作品，当其高度和宽度的比例等于或近似等于"黄金分割"比时，整个作品给人的视觉感受是合适与和谐的。

（2）确定主要花枝高度与容器尺度，以及花枝与花枝之间的高度比例关系，才能使整个插花作品显示出内在的和谐。

（3）按照"黄金分割"分配插花构图。可以在不对称构图中，将第一主枝安插在"黄金分割"线上，或在其附近；也可安在黄金矩形内求作的螺线弧，进行插花设计。

（4）确立插花构图的兴趣（视觉）中心位置。若把一件插花作品看作一幅画，那么在这幅画的长、宽边上，可以找到各自的黄金分割线，这两条分割线的交点即兴趣中心，该位置最易被人们注意，那么主花应位于这一点上或其附近。

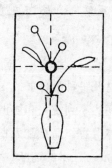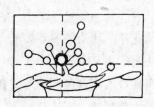

确立兴趣中心示意图

插花构图上的这些比例关系，特别是"黄金分割"，对插花形式美有着积极的意义。但有时为了某种特定的需要，可以打破常规比例关系，以起到夸张、突出主题的作用。

58. 艺术插花有哪些变化的可能性？

艺术插花是有章可循的，但通过创作者的劳动，使其具有最少固定、最多例外、最少常规、最多变化的特点。如何应用这些特点在咫尺的瓶、盆、罐等容器的有限空间里，创造出多样化的艺术意境呢？

插花容器的体积有限而变化则是无限的，可以利用插花容器造型的各异取得变化；可以利用大自然中千姿百态、万紫千红的花材取得变化；可以利用各种不同材料的形、色、质取得变化；还可运用不同的组织、安排手法和插花技巧，使插花形式美多样化。

有变化就有生气，插花艺术的奥秘就在于变化。插花构图要求在组合原则的基础上去创造巧妙性和新奇性，使插花的艺术美不断地得到丰富和发展。

59. 插花作品为什么要在变化中求统一？如何在变化中求统一？

插花作品所用的容器如此多样性，花材及各种配件如此丰富，构图法则运用又可灵活多变，如若这些多变达不到统一和协调，必然会出现令人眼花缭乱的形式叠砌，从整体上看作品杂乱无章，局部上看支离破碎，不论从点上、面上看都没有艺术的韵味。只有在变化中求统一，才能使构图成为艺术构图，才能感到优美而自然。

一件插花艺术作品的价值，在很大程度上不仅依靠不同要素的数量，而且还依赖于把它们进行统一的安排。也就是说，在创作时必须刻意安排，从而把繁杂的多样变成高度的统一，使插花作品在局部的多样变化中达到整体上的协调，求得形式上的完美。为了使插花作品协调与统一，在插花创作之前，应明确插花的主题和格调，然后决定切合主题的构图形式，选择对表现主题最直接、最有效的素材，并确立基调，这样就有了求得统一的基础。

插花，特别是西方式插花，一般所用的花材品种较多，在花型大小及姿态变化很大的情况下，一方面尽量不要选用太多的品种，并做到主次分明；另一方面应抓住花色，使其颜色相互调和，取得整体上的统一。所以，成功的插花作品，必须有"主花"（一枝或一组）统领全局，"主花"位于构图的视觉中心附近，一般其花型较大，花色和主题相符合。也就是说，在成功的插花作品中，花有主花，色有主色，调有主调，主有主位，宾有宾席，主次分明，形成"众星拱月"的格局，达到高度的统一和协调。

60. 什么是均衡？

均衡就是平衡，也包括动态平衡，含有稳重之意。最简单的一类平衡就是对称。在对称中，有轴对称与中心对称之分，前者具有向一个方向流动的方向性，后者则具有向中心点集中的性质。

对称本来是规则性很强，容易获得安定的统一，具有整齐、单纯、庄严等优点，同时也有寒冷、呆板、固定、古板等缺点。

在艺术的平衡现象中，平衡应当是一种心理的体验，这一点已被日常生活所证实。例如，在一个平面或二度构图中，处在中心的，一定要比两侧的大一些，假如它们一样大，那么，处于中心的就比两侧的显得小；较大或看上去较重的，应放在中下部，假如放在中部以上就会感到头重脚轻；右边的要比左边的重一些，若想使左右看上去平衡，通常左边要加大些。在纵深度上也有轻重之分，假如远处的与近处的同样大，那么，远处的看上去就显得大得多，要想使远、近的物体看上去都差不多大，远处的应比近处的物体小。在形状方面，越规则的看起来感觉越重，如圆形就比三角形显得重，垂直线就比倾斜线感觉得重。因此，凡是感觉重的都要小些或短些。色彩的轻重感在构图平衡中的影响，在有关色彩常识中已作介绍，此处不再赘述。另外，有时平衡还受到观赏者的兴趣、爱好等心理作用的影响，观赏者兴趣的画面即使较小，也会显得重些。

不对称平衡指一个远离均衡中心较为次要的小物体，可以用靠近均衡中心较为重要的大物体加以平衡。在插花中，小花多量与大花少量，它们相互之间自然形成了均衡；远离中心的小花与近中心的大花，它们相互间同样形成了均衡。

由于花枝的形态、结构、颜色、质地不同，视觉上就有轻重不同感。所以在插花构图时，要疏密聚散，高低错落等变化，以求得不对称的平衡。总之，在插花构图设计中，必须坚持重心在画面中下部的原则：

（1）一般大花在下，小花在上；大花在内，小花在外。盛花在下，花蕾在上；盛花在内，花蕾在外。

（2）深色花在下，浅色花在上；深色花在内，浅色花在外。

（3）圆形花在下，穗状花序在上；圆形花在内，穗状花序在外。

这样才能给人以稳定、均衡的感觉。当然，在原则的前提下，亦应有变化，以求得自然与多样。

61. 为什么现代艺术插花中通常采用不对称平衡的构图形式？

一切原始艺术毫无疑问地认为对称是简约的完形的一个主要性质。但随着艺术的发展，对称在艺术中越来越少见。因为在自然景观中，几乎没有构成天然对称和几何规则的形式，但它们都统一在大自然的美妙韵律之中，具有内在的和谐。因此，自然景观的不对称深深地拨动了人们的心弦，人们发现不对称的构图不仅更能表现自然，而且可以显得多样化和无限生机。在现代艺术插花中，特别是东方式重在表现意境的插花中，更多采用不对称的构图形式。因为在自然界或生活中，人们的视觉习惯于不对称，不对称构图具有动态趋势，显得生动活泼，有生机；而对称构图虽具有稳重的静态美，但某种场合会显得四平八稳、平淡呆板。

所以，在现代插花构图中，多力求避免机械的对称手法，而要在不对称中求均衡，达到"稳中出奇"，给人以自然、稳定的感觉。

62. 插花艺术的韵律指什么？

插花艺术的韵律主要指其内在的节奏和变化。在一件体量较大的插花作品中，除了要有一个主要的构图中心外，还应布置几个分中心，以使作品富于曲折、变化，增加画面的韵律，而且显得优美、自然，富于诗情画意。

韵律和节奏是同义词，原本在音乐艺术中应用，现已广泛运用到各艺术门类，其中也包括插花艺术。人的听觉对节奏反映最敏感，而视觉对节奏也具有一定的反映能力。在艺术插花的构图中，主要通过线条流动、色块形体、光线明暗等因素的反复重叠来共同构成节奏。它们在同一插花作品中的所有部分都能显示出来，而不象音乐那样，只有靠"音"这样一种素材并且按规定的顺序来表现韵律，所以，插花的韵律要比音乐的韵律显得复杂。

其实，我们的生活中充满了节奏，它甚至成了控制大自然各种物体间相互关系的力量。因此，一个成功的插花设计者，要善于理会大自然中各种美妙的韵律，灵活地运用大自然赐给人类的各种花材，各种要素的固有的美的特性，刻意地去组合和变化，使其错落有致，疏密斜正，俯仰高低，各具意态，方可表现出生命的节奏、自然的脉动，给人以舒展流畅或间息停滞的美感。

63. 插花构图中常见的韵律有几种？

插花构图中可用的韵律是多种多样的，主要有连续韵律、间隔韵律、交替韵律和渐变韵律等。

(1). 连续韵律。连续韵律是韵律中最简单的形式，是指一种组成部分（对花材而言，同一花朵，同一叶片，或同一色块等）的连续使用和重复出现的有组织排列所产生的韵律感。它们在插花构图中的出现并不一定排列成直线，可以是优美的曲线，也可以是弧线。

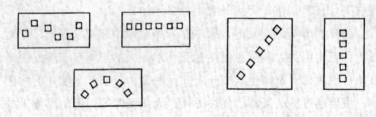

连续韵律

(2) 交替韵律。交替韵律是运用各种造型因素，作有规律的纵横交错，相互穿插等，形成丰富的韵律感。交替韵律利用形状、大小、色彩、线条等多种因素的交替变化，以减少简单、单调的感觉，增加多样性带来的形式美。

交替韵律

(3) 间隔韵律。在形成韵律方面，间隔和物体起着同样作用。间隔的重复所形成的格局给人在视觉上产生韵律感，但并不是简单的重复，而是以复杂的形式出现。

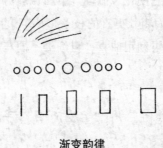

间隔韵律

（4）渐变韵律。渐变韵律是指某些插花要素在体量大小、高矮宽窄、色彩浓淡、方向形状等方面，作有规律的增减所形成的统一、和谐的韵律感。

渐变韵律

64. 插花艺术主要有哪些表现手法？

插花艺术的主要表现手法，总归一句话就是对比。在插花创作中，把互相对立的事物合乎逻辑地联系在一起，突出矛盾双方最本质的特性，以形成强烈的对比，使作品的形象更加鲜明，主题更加突出，艺术的感染力更强。

（1）疏与密对比。插花作品在布局上，花枝应疏密得当，"疏可走马，密不透风"的道理应领会并灵活运用。

（2）大与小对比。在咫尺盆、瓶等容器中插花，表现出多样化的景物和深远的意境，若不运用以小见大的对比手法，是难以达到设计的目的。其一应用近大远小的透视原理；其二利用微小配件作对比，使花枝倍觉高大，达到以小见大，以小衬大的艺术效果；其三通过花枝、花朵，高与矮、大与小的对比，使作品主次分明，在变化中求统一。

（3）曲直对比。一般花枝以直为主，但常因平直无姿而破坏了欣赏的情趣。纤细弯曲的柳枝，显得柔和优美；粗壮虬曲的梅枝，则表现刚劲、坚强的阳刚之美。所以，线条的曲直、粗细变化会给人留下不同的视觉印象。有规律的曲线组合，最能体现形式美的多样统一，它变化、流动、柔和、轻巧、优美，给人以一定程度的节奏感。而粗壮挺直的枝条，则有厚重、豪放的感觉。因此，在插花创作中可利用曲直、粗细等不同花枝的对比来获得不同的插花效果。

65. 插花中如何应用"留空布白"手法？

"留空布白"实际上和虚与实对比、露与藏对比是一回事。插花艺术，特别是讲究意境的东方式插花，与绘画、盆景都有很多共同之处。清代画家方薰欣赏王石谷的"风雨归舟图"，画面上只有迎风堤柳数条，远沙一抹，以及孤舟蓑立而已。当时有人问："雨在何处？"方曰："雨在画处，又在无画处。"这一回答极妙。"雨在画处"，是说画上堤柳迎着风在空中摇曳，远沙隐隐约约，中流一叶扁舟等实景，已渲染出一派雨意；"雨在无画处"，是说虽然没有画出雨的线条，但从整体上使人感受到空濛濛的无画处，正弥漫着潇潇的雨幕。画家黄宾虹认为：看画不但要看画之实处，并且要看画之空白处。画家精心设置的艺术空白，不仅体现了艺术家的想象力，而且也是引起欣赏者想象的关键。

对于插花艺术的创作来说，也讲究"留空布白"。插花构图中，不仅要注意花枝自身的高低俯仰，即进行实境的创造，也要讲究计划中"空白"的运用，进行虚境的创造。一件优秀的插花作品，应该有虚有实，实中有虚，虚中有实，才能显示出灵空不板，余味无穷。插花中虚景的应用，实际也是"藏景"的手法，"景愈藏则境界愈大，景愈露则境界愈小。"如果以花枝构成的画面是显露于观赏者面前的实境，那么，深藏在"花枝"背后的即是虚设的插花意境。处理好露中有藏，就能展现一个景外有景，景中生情的动人画面。不是一览无余，而是留有余地，让欣赏者联想再联想。

所以，"留空布白"也是插花艺术的表现手法，但应如何处理要视需要而定，并在实践中掌握好分寸，使虚与实、露与藏等在对比中要有照应，使之顾盼有情、互相朝揖。

总之，在插花艺术创作中，应掌握好变化中求统一，对比中求照应，这是创造形式美的一条重要准则。

66. 插花中反比例构图指的是什么？

前面提到的确定三大主枝长度的方法和比例，是正常的比例关系。而反比例构图则是将主要花枝与容器之间的比例关系倒过来。之所以如此，其原因有二：一是高瓶类的插花，尤其是细高瘦型花器，若再用长花枝，作直立型等构图时，不但视线太高，影响观赏效果，而且会给人一种不够稳妥的感觉；二是适应花材短的实际情况。

反比例构图中主要花枝与容器之间比例尺寸如右图所示。

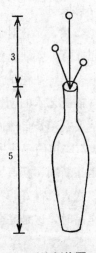

反比例构图

87

插花立意与意境

67. 什么叫立意取材？立意要达到什么要求？

大自然赐给人类千姿百态、万紫千红的鲜花，而插花艺术则是许多鲜花的艺术组合，但它并不等于每朵鲜花美的累加，更不是花枝的堆砌。相反，如果把各种各样的花枝多多益善地插在一起，必然只会使人感到杂乱无章，毫无美感。

为了使插花作品达到融自然之美为咫尺的目的，要求插花与绘画、诗文等其他艺术一样，应"意在笔先"，即在插花之前要先立意，确立主题，而后再围绕主题去选择花材，这样的过程就称为立意取材。

当然，立意对创作者来说，是一个艰苦的过程。但如果没有构思立意，就缺乏意境，便没有真正的插花艺术创作。有无创造性的构思，往往是优秀插花作品与平庸作品之间的分水岭。

插花艺术的创作立意要真、深、洁、新。真是指内容要真实，感情要真挚，自然而不做作；深是指内容含意不肤浅，意境要深远，有一定的感召力，能激发情感；洁是指简洁、明朗，不繁琐；新是指新颖、新奇、多样，不俗套。

古人说得好，"意奇则奇，意高则高，意远则远"。在创作插花作品时，这是完全可供我们借鉴的。

68. 插花作品的构思立意可因材而定吗？

花艺世界，是一个五彩缤纷的艺术世界，它既反映了大自然的天然美，又有出自人们匠心的艺术美。对花卉的欣赏，就是一种艺术的欣赏，她以姿、色、香、韵等多方面给人以美的享受。

其实，花卉的姿、色、香、韵中最重要的就是韵，而这一点恰恰易为常人所忽视。韵是前三者的结合，它体现了花卉的风格、神态和气质。姿、色、香只给人以外形的美，而其内在的艺术美、抽象美却要通过神韵反映出来。只有领略到花的气质、神态、风韵，才能感受到它美在何处。因此，自古以来，人们在欣赏花卉色、香、姿等外形之余，也往往由此而产生出许多生动而贴切的联想，把花看成某种事或某种意义的象征，赋无情之花以有情之意。如荷花，人们在赞美其姿色的同时，还歌颂其"出污泥而不染"的品德；在千里冰封，万里雪飘的严冬腊月，自然界里许多生物消声匿迹，唯有松、竹、梅傲霜迎雪，屹然挺立，因此人们称之为"岁寒三友"，并推崇其顽强的性格和斗争精神。

古人赏花很讲究。古书上曾对某些花卉作过这样的描写：梅标清骨，兰挺幽芳；茶呈雅韵，李谢浓妆；杏娇疏雨，菊傲严霜；水仙冰肌玉骨，牡丹国色天香；玉树亭亭阶砌，金莲冉冉池塘；丹桂飘香月窟，芙蓉冷艳寒江。

以上所用的笔墨不多，然而对各种花的描写可谓生动、细腻。对花卉观察入微，刻划有神，没有局限在外部形态上，而是把花的形态、特征、气质，甚至于地理气候、典故都结合起来，使人看到的是有形、有色、有神，栩栩如生的东西。所以，可根据花材的寓意等而因材立意，再通过形象化的联想加以构图来加深意境，把自然美和艺术美统一起来。

例如生活中，有时我们到郊外园地、田野采回一些凡花俗草，如野生小菊、映山红、狗尾巴草等。为了利用这些花材，为了给生活增添乐趣，为了更贴近大自然，可根据材料立意"野趣"，然后再通过完美的构图，去实现插花的效果。如果手中有鹤望兰两枝、松枝一根，根据花材的品性，我们可立"松鹤延年"之意，去创作"延年图"。

总之，因材立意也能创造出成功的作品。但它要求我们必须具备一定的花卉知识和一定的文化、艺术修养，同时还要求对生活有更多的了解。

69. 立意与意境有何区别？

意境是作品所表现的图像和思想感情形成的一种艺术境界。也可以认为意境是艺术作品情景交融，并与欣赏者情感、知识、艺术素养相互沟通时所产生的一种艺术境界。意境是内在的、含蓄的，需要欣赏者运用自己的知识进行思考和联想，品味其中之美。例如，国画中经常可以见到"松柏常青"、"红梅斗雪"、"秋菊傲霜"、"岁寒三友"、"四君子"等题材，这些都是借自然之物的某些属性或特性，来表达作者的某种思想、感情、理想和愿望，从而造成某种人们欣赏的意境。由于人们的社会经历、文化程度及各种素养的不同，同样观看一件作品，引起的联想不一样，因而感受也不相同。

插花作为造型艺术，不仅要符合形式美的原则，讲究艺术构图和色彩设计，更要表现情感和思想内容，并要求二者和谐统一，创造出完美的艺术意境。可以说，对艺术意境的追求是插花艺术创作，特别是中国传统插花艺术创作所崇尚的理想境界。

在中国古典美学中，意境是重在表现的美学思想的结晶，是中国古典诗画的美学范畴。中国传统的插花艺术，特别是清雅脱俗的文人插花，历来与诗画有着密切的关系。中国插花艺术尽管与诗画在表现手法、塑造形象上有很大区别，但它们追求的都不是自然的再现与模仿，而是再现自然的内在美，以至于将具有诗情画意看作插花作品所能达到的最高意境。

70. 插花作品表现意境有哪些特殊的手法？

插花作品表现意境的手法一般有以下几种：

（1）借助花材本身的象征寓意表现意境。这里举些插花的例子加以说明。

松树，四季长青，不畏严寒，寿命长，自古以来就是文人墨客描绘的对象。柏树，常年青翠，长命百岁，不因寒暑而变色。明朝诗人于谦有"岁寒松柏心，彼此永相保"的诗句，用来表达夫妻间同舟共济、同甘共苦的忠贞爱情。

插花作品一：用松枝或柏枝和鹤望兰为主要花材，可插制成"松鹤同春"或"延年图"，来祝贺伟大的祖国生日，或祝贺老人益寿延年。

插花作品二：取松枝和柏枝各一枝及百合花数朵为主要花材，再配置月季、满天星等，题为"相保松柏心"，祝贺金婚、银婚等。

梅花是我国特有树种，树姿苍劲，疏影横斜，古朴高雅。古今赞颂它的诗词很多，如"梅花敢向雪中开"，"梅花香自苦寒来"，"俏也不争春，只把春来报。待到山花烂漫时，她在丛中笑"等。所以，"岁寒三友"、"四君子"成了插花的传统题材，其意境至深至远。见彩图"四君子"。

可见，不同的花卉均有不同的风姿神韵，均有丰富而深邃的内涵。

（2）借诗词题咏深化插花意境。一件立意新颖，造型别致的上乘插花作品完成之后，为了启发人们的想象，扩展对插花作品意境的遐想，借诗词题咏犹如"画龙点睛"，观其名就能吸引着众多欣赏者，观后又能把欣赏者的思路带到景物之中，达到景中寓诗，诗中有景，诗景交融的境界。彩图"劲挺冲霄际"，从其命题联想到"羡他劲挺冲霄际，更觉虚心蓄力深"的诗句，更加深化了插花作品的意境。

（3）利用周围环境烘托作品意境。如一盆盆景式插花作品，其中有高山流水，有花草树木，主要用以表现祖国的大好河山。但如果与背景"高山瀑布图"融为一体，定会想到唐代大诗人李白"飞流直下三千尺"的诗句，更会被诗人怀疑银河从九天上流泄下来的奇特想象、浪漫色彩和豪放的气概所感染，仿佛就置身于此地此景之中，令人神往。

（4）运用巧妙的构思突出意境。创作插花作品时，立意新颖，紧跟时代步伐，构思巧妙，感情自然深刻，能突出意境。如彩图"亚运之光"，以5个同样大小的色环和两枝红色凤尾为主要材料，通过几何图形的组合，抓住亚运会的主要象征加以表现，使欣赏者看到画面上凤尾所象征的熊熊火炬，仿佛见到了中国体育健儿为了祖国的荣誉在赛场上拼搏；仿佛见到鲜艳的五星红旗在亚运会上冉冉升起；仿佛耳边响起了响亮悦耳的国歌。一件小小的插花作品，把观赏者的心与亚运之光，与中国体育健儿，与中华人民共和国的荣誉连在一起，既表达了人们对体育健儿的崇敬，又体现了人们热爱祖国的情怀，意境丰富且深远。

（5）利用配件，设立构图分中心，增加作品韵律，渲染作品的意境。彩图"悠游"中的金鱼就是起到这种作用。

（6）以花器作为表现意境的重点。彩图"海韵"、"仙葫溢香"就是这样的插花作品。

71. 何谓插花艺术意境的欣赏？

著名国画大师齐白石曾说过："作画妙在似与不似之间，太似则为媚俗，不似则为欺世。"李苦禅先生在论八大山人时提到："他既不杜撰非目所知的'抽象'，也不甘写极目所知的'表象'，他只倾心于以意为之的'意象'。"这对其恩师白石老人"似与不似之间"的画论作了准确诠释和发展，充分说明了国画对审美主体的创造意识和审美对象之间的关系。国画追求神似而非形似，"状自然之貌，不若摄自然之魂。"插花艺术也是如此。插花艺术，特别是东方式插花艺术，既创造出具有大自然生命活力的生动画面，更追求情感的抒发和精神的表达，开拓无限的艺术意境。可见，人们所追求的精神境界，作者的生活情趣，都将流露于这小小的插花作品中。所以，要欣赏好艺术意境，首先被欣赏的作品要有一定的观赏价值，其次是欣赏者要有一定的欣赏能力。由此可见，插花的意境不仅仅是创作者个人的事，同时需要欣赏者用丰富的想象来开拓。古代的"香赏"、"茗赏"、"图赏"、"曲赏"、"酒赏"、"诗赏"等，其实质就是开拓赏花的意境。

值得一提的是，随着时代的发展，人们的审美观也在不断地发展变化，因而意境的欣赏也定会得到不断的升华。

72. 中国传统艺术"四绝"能否应用于插花艺术中？

从国画的题画艺术中得知，诗、字、画、印历来并称中国传统艺术之"四绝"。历代不少国画大师，同时又擅长诗词、书法和治印，他们善于把这"四绝"熔于一炉，创造出许多绘画精品，使祖国的文化艺术屹立于世界艺林。

中国插花艺术与国画、中国园林等艺术同源于汉文化，在表现手法等方面有同工异曲之妙处。因此，了解、认识中国传统艺术"四绝"，灵活应用"四绝"于艺术插花中，必将使艺术插花这朵奇葩走向更加完美的境界。

世间一切事物都在发展，题画艺术也并非一成不变。今天，艺术插花作为一种视觉艺术，人们都在探求其新的发展，到底是以自身的价值与魅力去感染观赏者，还是可以打破各种艺术形式之间的界限，运用综合手段来取得创造性的效果呢？我想不论如何发展，千百年来中国传统绘画的题画艺术，在插花艺术中都还会有研究、借鉴和继承的价值。因为它是中国传统绘画民族风格的特点之一，是民族文化发展的结晶。

73. 国画题画内容之一的标题（命题），在插花作品中有何应用？

插花作品的命题，实际上就是国画命题的应用，它显示了作品的主旨，也就是一个作品的最简略说明，起到"画龙点睛"的作用。好的命题，能制约观赏者，不使其游离于画面形象之外；又能配合作品构图和画面，开拓观赏者的想象，并为这种想象活动提供必要的诱导，使观赏者的思维活动不致于停留在外感和印象阶段，从而唤起对插花画面上没有直接出现的深邃意趣的思索和联想。好的命题，既有形象性，又有文字性，要经过一番推敲，有时比父母给婴儿命名更难。因为命题必须准确、简洁、生动、兼备概括性和吸引力，给人以新鲜感觉和深刻印象。

郑板桥说："作诗非难，命题为难，题高则诗高，题矮则诗矮，不可不慎也。"这句话也适用于插花作品的命题。

74. 插花作品有几种常见的命题类型？

前面介绍过几种表现意境的手法，其实借助作品的命题来揭示意境的所在，也是一种很好的表现手法。

一件插花作品完成后，给予恰如其分的命题，使观赏者通过命题窥见插花作品丰富的内涵，体察到作者在插花作品中所寄寓的思想、情感，激发欣赏者更大的兴致，并启人心智，发人联想，从而丰富作品的内容，扩大观赏的画面，延伸出意境，提高插花作品的艺术价值。

在命题时，应注意既不能太露，也不能太俗，要求做到"犹抱琵琶半遮面"，深蕴含蓄才能意味无穷；既要抽象，又要让欣赏者看到命题后如梦初醒，道出心中想说而说不出的意境。给插花作品命题常见的有以下几种类型：

（1）开门见山点出主题，如在繁花盛开的作品前，题名"春满园"，含有歌颂太平盛世、百花齐放的双关主题。

（2）以人物姓名或事件的时间、地点为题，如"太湖秋色"。

（3）只点明作品的题材，如彩图"乡野"、"农家茅舍图"。插花的题材是多样的、普通的，但在创作时往往渗入了作者个人的思想、感情，这样题材就不是纯客观的东西了。

（4）只用一个单音词来概括，其目的是力求简短和洒脱。如繁花似锦的作品，用"春"字命名，以少胜多，一言而蔽之。见彩图"攀"、"幽"、"牧"、"爽"等。其优点在于高度概括，而含意无穷，很受现代人的欢迎。

（5）用影射、象征、藏头或歇后等形式命题，这是使插花画面名称不在题词中出现的一种形式。如盆景式插花中，配件为两仙对弈，题为"乾坤一局"，借用古人"乾坤一局棋"。见彩图

"乾坤一局"。

(6) 用古代诗人名句给插花作品命名，如用骆宾王诗句"白毛浮绿水"来命名。见彩图"白毛浮绿水"。

(7) 用名胜古迹、歌名、电影名给插花作品命名。见彩图"相思风雨中"、"渴望"、"我热恋的故土"。

(8) 用拟人化的手法给插花作品命名，如"对语"、"心心相印"等。

插花应用

75. 什么是瓶花？瓶花插制应注意什么？

瓶式插花又叫瓶花，它是我国最古老而又最普通的一种插花形式。不论古今、城乡，人们总喜欢剪取适时的花枝，并配上红果或绿叶，插入花瓶，用于室内布置。由于花瓶瓶身高、瓶口小，因此，插花时不需要用花泥和剑山，只要将花、枝、叶投入即成，所以，也称之投入式插花。

瓶式插花的基本型式有直立型、直上型、对称型、倾斜型和下垂型等。插作瓶花最重要的是学会正确且迅速地固定花材，只有花材固定好了，才能保持原有的造型。所以，初学者

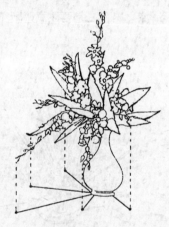

瓶式插花示意图

应先掌握固定花材的方法，然后再进行插制，以免事倍功半。

76. 什么是盛花？盛花插制应注意什么？

盆式插花又称盛花，即利用水盆进行插花，当然也可利用类似于水盆的其他浅口盛水容器进行插花。由于容器浅且口大，所以要借助花插、花泥等固定花材，才能完成插花作品。但最好还

是用花插而不用花泥，这样花脚易整齐利落。盆式插花固定花材及造型较瓶花更为方便。要充分表现盆式插花的特点和美感，应注意以下几个问题：一要选好花插或花泥的位置。除直立或直上造型构图外，一般花插或花泥都宜放在浅盆的一旁，或靠左或靠右，或靠前或靠后，留出较多的水面和空间，以便表现出"虚"处水面之美。例如，水面与花枝之间形成的是竖线，会给人以尊严、端正、永恒的感觉；水面与花枝之间形成的斜线，会给人以特定的方向性和动态感；二是盆面空白处水面的大小应随季节的变化而变化，冬季可适当少留，以免增加寒意，夏季水面宜多留，以增加清凉之感；三是要注意遮蔽花泥和花插，以及其他有碍观瞻的部分。

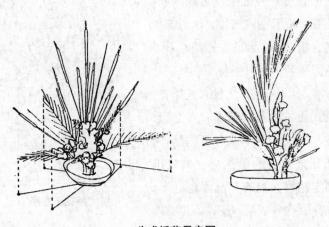

盆式插花示意图

盆式插花就基本花型来说，主要有直立型、直上型、倾斜型和对称型。

77. 什么是盆景式插花？如何插制盆景式插花？

盆景式插花是指利用盆景艺术的布局手法，在浅盆中（一般用假山盆）进行插花创作。创作的插花作品以鲜花、树枝为主体，加少量辅助配件（如人物、动物模型及山石等），形似植物盆景。制作时，可先在盆中放入剑山或花泥，根据立意和构图布局，安插花、枝、叶，于咫尺盆内形成优美的自然景观。最后在空白处覆盖上绿草、苔藓等，一则可遮住剑山、花泥，二则可构成高低起伏的山丘。盆景式插花同样可制作成水旱盆景式插花，水中可点缀桥、船、鸭子模型或水生植物等。

盆景式插花是一种特殊的插花艺术形式，它融插花艺术和中国传统盆景艺术为一体，因此，创作中更应注重意境的构思和表现，使其富有诗情画意。

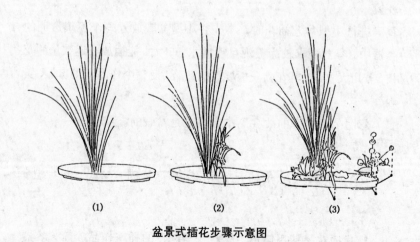

(1)　　　　　(2)　　　　　(3)

盆景式插花步骤示意图

78. 什么是盆艺插花？盆艺插花有哪些特点？

盆艺插花指将盆栽植物和鲜花、花枝艺术地进行组合，使其成为谐调的整体，它是庭院内较大型的一种植物装饰艺术品。它或摆放在庭院过道两侧，或在阳台、墙角、墙边布置，既自然又美观。例如，小型观叶盆栽配置的盆艺插花，作为室内厅堂布置就很适合。

盆艺插花一来可利用庭院内栽培的各类植物，节省了插花所需的枝叶的剪取，然后再根据构图需要配植、点缀一些花材，使其成为完美的统一体；二来只要替换少量鲜花，便可大大延长观赏时间；三来可按时令、节假日、迎宾等需要，对原有盆花进行重新组合或部分调整，便可重新创作出作品，这样既省材、省时，又能不断打破家庭养花品种的单调性，不断创造出令人惊喜的小环境。

进行小型盆艺插花时，常先将小型盆栽放入一个不很透明的容器中，容器要求较为美观且能盛水，口大，能插放一定数量的花枝。若用大盆花，其花盆一般要注意遮蔽，使整个作品显得自然、美观。

彩图"我热恋的故乡"中金苞花是盆栽的。

79. 什么是筒式插花？筒式插花有哪些特点和类型？

筒式插花是使用筒形、管状花器制作的插花作品。筒式容器有金属、玻璃、陶瓷、塑料、竹等制品。但在我国插花史上，用竹筒插花更为盛行。在日本的花道中，筒式插花占有重要的位置。据说筒式插花约在八世纪至十一世纪随佛教从中国传入日本。

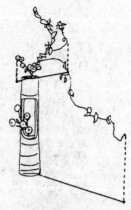

层生型筒式插花可采用上口下窗两层插口的竹筒，其独具特色并有自然风味。可配合花材插成上垂下扬、上小下大不同形态的"二重生花"，花材的大、小及垂、扬之间具有动态平衡之美，同时也展露了花器的特色。为了配合竹筒上、下层的高度，多半使用垂状花材和蔓性花材，但不必使用两种以上有花的花材。

层生型筒式插花

插制时应注意，上、下层花枝分别向左、右探出，垂吊或蔓性花材注意数量、长度、方向，达到扬、垂平衡，使整个作品活泼有趣，又不失平衡。

筒式插花除层生型外，常见的还有单筒式、组合式（高低筒或竖横筒等）、悬挂式、船生型等。

组合式筒式插花

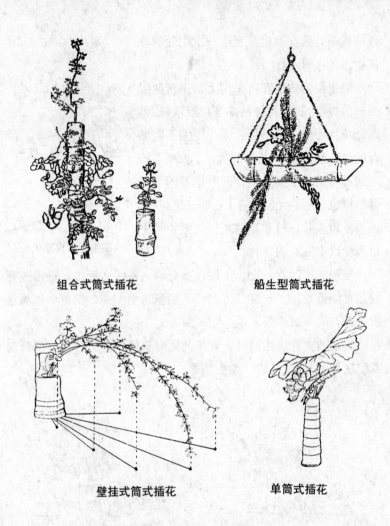

组合式筒式插花   船生型筒式插花

壁挂式筒式插花   单筒式插花

80. 花篮插花有哪些类型和特点?

    花篮插花是插花艺术的一种表现形式,具有礼仪插花的重要功用,有较强的实用性和商品价值,而且携带方便。它以篮为依托,营造各种迥异于其他插花形式的艺术格调;它既遵循艺术创作的一般规律,又具本身的创作特点。

花篮种类很多，从材质上分有藤、竹、草、塑料、金属等；从形式上看已从地面、台面转向兼顾空中和墙壁了，因此花篮也包括了吊篮和壁挂篮。目前，花篮有高身花篮、圆形花篮、方樽形花篮、线条形花篮、平口或坡口花篮、提把或无提把花篮、船形花篮、壁挂新月形花篮、垂吊式单体花篮和数个花篮套叠的连环式花篮等。总之，花篮形式的多样性，为花蓝插花丰富人们生活及美化环境提供了极为有利的条件。但应该承认，不同的花篮有不同的风格和用途，如藤编篮，质地坚硬，色泽较重，风格粗犷、豪放，篮体常有大的镂空花样；竹制篮，材质细密，色泽清雅、朴实，篮体结构较为紧密，是目前最为常用的花篮；草编篮，质地绵软，色泽柔和、自然，具有浓郁的乡土气息，在现代居室中如能与环境和谐，很具装饰性。上述 3 种花篮，通常都是手工编制的纯天然材质花篮，因此蕴含着较大的感情色彩，而塑料和金属花篮在这点上不及天然材质的花篮。

花篮插花的色彩和谐，层次丰富，自然生动，能表现出插花的线条美、韵律感。规则式的礼仪花篮插花，要求花朵匀称，花头规整，式样丰满；写景写意的抒情花篮，应多选用花枝柔曲、别有情趣的花材，且构图自由、浪漫多变。

花篮插花的配件很重要，常见的配件有彩带、贺卡等。可根据祝贺对象的不同选用不同的配件。如儿童节用的花篮多配上气球、玩具、糖果，生日花篮多配上蛋糕或生日蜡烛、贺卡等。

随着人们物质文化生活水平的提高，花篮将受到越来越多人的喜爱，它对美化人们的生活起了越来越大的作用。

生日花篮

致喜花篮

致喜花篮　　　　　　装点花篮

开业致庆落地花篮

105

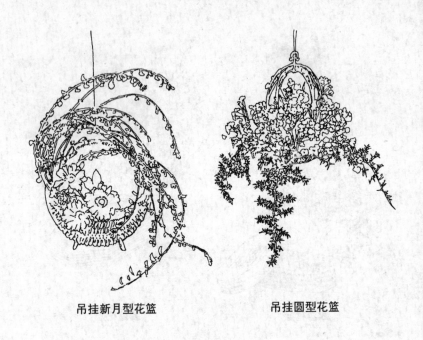

吊挂新月型花篮　　　　　　　吊挂圆型花篮

81. 花圈如何制作？

花圈是利用鲜花、绿叶或人造花制作的礼仪花卉装饰品，其一般为圆形构图，直径多为 100～130 厘米。用鲜花制作花圈时，先用竹片或树枝作数个大小不等的环状骨架，并连成一个球面，外面用绳子绑扎，并裹上保持一定湿度的稻草，花枝和绿叶就插在稻草上，再用小号金属丝加以固定。当然，切花插上之前要适当加工，如枝叶和花可先加工成小束绑在竹签上，然后再插到潮湿的草环、草束上。对于花枝细小、柔软的草本花卉，更要如此加工后插上。

尽管花圈主要用于悼念活动，但在构图和色彩上也应力求变化，忌平均分配。一般制作时，常在圆环上形成几个重点插花位置，其重点位置和数量视圆环大小而定，并无严格规定。

106

此外，在花圈中央空间也常装饰花朵、绿叶、纱巾、绸带等。为了便于放置，花圈还常带有支架，支架上也适当加以点缀。用于祭奠活动的花圈，要披挂挽联及安上"奠"字。

由于草环、草束上可供给花枝的水分有限，所以鲜花极易菱蔫，故应尽量选用观赏期长的切花材料，如菊、龙柏、松枝等。

82. 花环如何制作？

花环是利用鲜花、绿枝制作的花卉装饰品，其一般为圆形，制作方法基本与花圈相同，但更简单些。花环比花圈小，直径一般为40～60厘米，且花环中央是空的。花环的应用范围很广，欧美国家常用作圣诞节门上及壁面装饰；南亚地区花环常戴于被迎接的贵宾身上，以示尊敬和欢迎。这种花环多用细绳将花朵串联而成，所以应选美丽、清爽且具

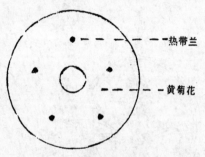

祭奠花环示意图

芳香又不会污染衣服的花朵（茉莉花、白兰花、热带兰等）制作。用于哀悼及祭奠活动的花环制作时，除在环中心留出直径10余厘米的圆面外，其余部分多以黄（白）菊花作底色，而后在上面等距离的5个位置上用其他花朵（如热带兰、石斛等）加以点缀。这种花环多放在落地三角架上，架高不超过1米，架子就放在遗像前。

83. 挂吊式插花有何特点？插制挂吊式插花应注意什么？

顾名思义，挂吊式插花可挂在壁上、柱上，在众多情况下是一面观赏；也可吊在梁上或窗口，可四面观赏。插制挂吊式插花作品时，应选用适宜挂吊的器皿和日常生活用品作容器，传统的容器有陶瓷、竹、藤、花篮，草帽、羽毛球拍、斗笠、镜框，用竹、木自制的挂吊式器具，以及利用饮料瓶、罐等制出的各种挂吊容器。

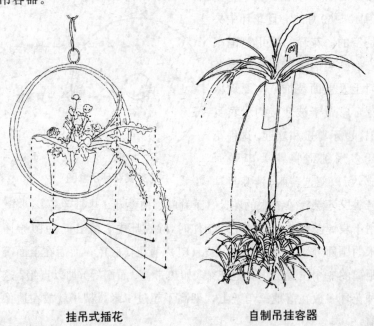

挂吊式插花   自制吊挂容器

挂吊式插花一般要求主枝横斜或枝蔓垂挂，所以，选择的花材枝条要柔软，或选用藤本类（如常春藤、花叶长春蔓、茑萝、天门冬、吊兰、迎春花、吊竹梅等）花材。挂吊式插花的形体和重量不能过大，否则会给人有不安全的感觉。所以此类插花作品的构图定要在"精"和"巧"两字上下功夫，花材要简洁，线条要明快，色彩要和谐。

84. 什么是浮花？浮花有何特点？

浮花就是将花朵、枝叶浮插于盛有浅水的花器内。水生花卉（睡莲、碗莲、荷花、萍莲草等）特别适合于浮花的插制。这些花枝可依其自然生长习性荡漾在花器的水中，表现出夏季清凉及水面景物的意境，让人有一种与大自然同在的舒适和亲切之感。

浮花示意图

浮花用于室内装饰时，一般不用剑山。若非用不可时，应将剑山遮盖好。至于花材，水生花卉作为浮花的花材故然不错，但并非局限于此。为了创作出清新、优雅的作品，插制时应注意花材、容器、环境三者在色彩方面的和谐。

85. 什么是盛物插花？盛物插花有哪些特点？

盛物插花指以瓜、果、蔬菜为主体，再配些鲜花、枝、叶等，以插花艺术的手法，在器皿上进行布局，使之成为别具一格的插花作品。盘中之花色彩诱人，盘中之果让人生津，盘中之菜亲切自然。一盘盛物插花充满了生机，给室内增添一幅美好的画面，给生活带来无穷的乐趣。

总之，这种插花好处甚多，它赋于蔬菜、瓜、果以新的生命，而且简单易行，日新月异；变零散杂乱的瓜、果、蔬菜为统一的艺术整体，花费不多，技艺不复杂，瓜果、蔬菜摆设后仍可食用，很适用于家庭；色彩鲜美、形态各异是各类蔬菜、瓜果本身所具有的可贵特点，很有地方特色；季节感强，即使在同一地区，不同季节上市的瓜、果、蔬菜也不同，所以，盛物插花具有强烈的季节性和地方风情，是其他类型插花所不能比拟的。

现举用芦笋、竹笋、大白菜、辣椒、茴香、羽衣甘蓝等插制盛物插花作品的例子。

（1）在藤篮内放好已浸湿的花泥，芦笋分成两组插于左右两边；

（2）竹笋插在芦笋中间；

（3）大白菜心分 3 组，成三角形方式插于竹笋旁；

（4）辣椒依色彩组合来插，让画面的色彩更有变化。插上一支茴香，以构成层次变化的基础；

（5）羽衣甘蓝以叶面相向方式插于底部，其色彩调和且遮盖了有碍观赏的花泥；

（6）用青花菜填补空隙；

（7）小白菊分散插上，并在颜色较浅的部位插上金黄色的百合花或新鲜黄花菜；

（9）茴香以高低错落方式垂直插上。

86. 花束制作时应注意什么？

花束广泛地运用在人际交往中，传情、致意、慰问、祝福等种种情怀，均可用美丽的鲜花制成的各式各样的花束来表达。

花束制作前应注意花材的选择。首先，应避免使用带钩刺、有异味的，以及枝、叶、花易污染衣服的花材；其次，注意花材的寓意；对不同的时间、对象、场合，所选用的中心花材还应有所区别，同时配置的花材与中心花材的色彩应和谐，并具有衬托作用。

花束的制作并无多大难度。但不论是单面观，还是四面观的花束，制作时都有一定的原则：单面观的花束主要掌握观赏面由上至下的层次感，和视觉中心花朵的大小、色彩和方向；圆型四面观的花束，最重要的是在制作时花朵以定点逆时针螺旋状排列的方式，一枝一枝地将花梗放入手中握紧，然后用绳索捆绑固定，而且捆绑固定后必须能平稳地立于桌面才算合格。

87. 如何制作下垂式新娘捧花？

近些年，城乡不少青年在喜结良缘时，都盛行用新娘捧花，它不仅仅起着装饰的作用，而且可以增加浪漫色彩和喜庆气氛。

新娘捧花实际也是花束中的一种。下垂式新娘捧花也称瀑布形捧花。下垂式新娘捧花制作时，要求以圆形花束为主，下方位添上几支下垂花枝，使捧花形成瀑布形状。例如，选用代表爱情与幸福的玫瑰花为主要花材，再配置满天星、花叶万年青、文竹等。其制作步骤如下：先用 8 朵玫瑰花枝、文竹、满天星、花叶万年青，完成垂下部分；再用玫瑰、满天星、花叶万年青插成圆型的上部分；最后将上下两部分联成一体，即成下垂式新娘捧花。

制作下垂式新娘捧花时应注意：带刺的花材要严格除刺；上部圆型需成柔和的球面型，下部垂枝也应自然柔顺；下垂部分的长度应视新娘的身高而定，个子较矮小的垂枝要短小些，以求和谐、自如。

新娘捧花在制作时还
应注意色彩和造型与新婚
礼服相协调，此外，还应考
虑习俗：有些地方多以红色
调为主的棒花；有些地方则
喜欢五彩缤纷的捧花；在国
外还流行素色的花束或白
色的花束与白色的礼服相
配，以示纯洁的爱情。

88. 胸花如何制作？

胸花大多由主花、满天
星和绿叶三部分组成。制作
过程中铁丝与透明胶带是
不可缺少的辅助材料。因为
每支或每片花材在使用前
都应先用铁丝固定。现举例
说明胸花的制作过程。

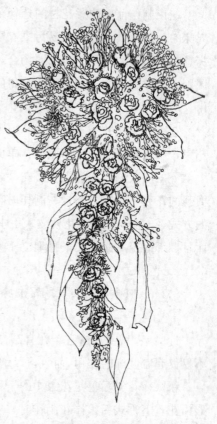

下垂式新娘捧花

制作花材：月季花 3 朵，满天星少许，阴石蕨（或文竹）4 片，
缎带若干。

制作步骤：

（1）将一小支满天星放在两片阴石蕨（或文竹）上方。

（2）一朵含苞待放的月季花放在满天星上方，并调整部分满
天星于月季花前方。

（3）另两朵月季一左一右放置于第一朵月季的下方，但应注
意下方两朵月季忌放在同一水平线上。

（4）把满天星填补于月季花的前方。

（5）下方左右各加上一片叶子，并于底部加上缎带。

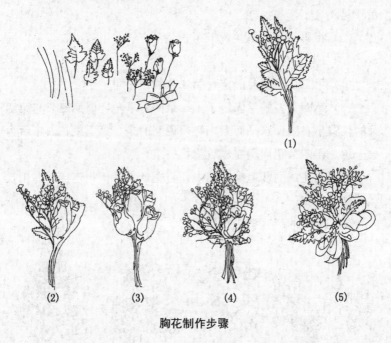

（1）

（2）　　　　（3）　　　　（4）　　　　　（5）

胸花制作步骤

89. 新月造型的头花如何制作？

新月造型的头花非常实用，在婚礼上用作新娘的头花尤为别致，不论正面佩戴还是侧面佩戴都很适宜。设计制作时分成两部分，然后再将两个部分组合在一起。但必须注意，两组的花朵数量是不同的。现举例说明新月造型的头花制作过程。

制作材料：石斛兰 7 朵，阴石蕨（或文竹）2 片，满天星 2 枝，透明胶带、细铁丝若干。

制作步骤：

113

（1）石斛兰与满天星组合好备用。

（2）取一朵石斛兰与组合好的满天星，再与一片阴石蕨组合在一起。

（3）将第二朵石斛兰置于第一朵下方，并用透明胶带加以固定。

（4）第三朵石斛兰固定在第二朵的左下角。

（5）第四朵石斛兰固定于第二朵的右下角，但第三朵与第四朵的位置不在同一水平面上。必须说明的是，第三朵花固定后为第一组，第四朵花固定完成后为第二组。

（6）在完成的两组半成品中，将花柄、叶柄相连接，并用铁丝等加以固定。

（7）完成的新月型头花作品。

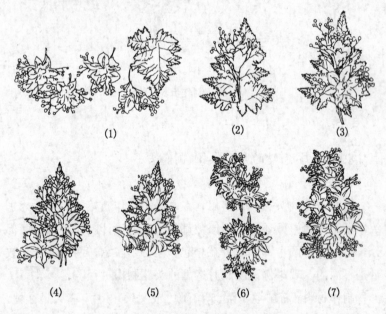

（1）   （2）   （3）

（4）   （5）   （6）   （7）

新月造型头花制作步骤

90. 什么是小品插花及趣味插花？

小品插花无一定的规则，主要在于配合得当，如花与叶之间，枝与枝之间，长度比例、色彩、线条在整个构图中能适合，显得和谐自然即可。"着墨不多，自饶佳趣"正是小品插花的生动写照。

一般艺术插花作品由3个主枝及不等量丛枝构成，而小品插花则不一定由3个主枝和丛枝构成，常常会省去第二主枝而由丛枝代替加以点缀，所以构图整体感觉简小精致。小品插花花材份量碎而小，造型小巧、轻盈，适于摆设在几案或墙角。

趣味插花与艺术插花相同之处是构图均衡，色彩和谐；不同之处在于不但取材、造型比较随便，而且凡是家庭中可以找到的，

趣味插花

能够盛水的容器，如酒瓶、碗、碟、杯、罐、玩具、贝壳、果壳等，均可作为插花的容器。花材也不讲究，蔬菜、瓜果、野花、野草同样可以利用，枯藤、朽木也时有用到。趣味插花具有浓郁的生活气息，造型别出新裁。

91. 用干花和人造花制作的插花作品有何特点?

用鲜花制作的插花作品，是有生命的艺术品，它们或亭亭玉立，或姹紫嫣红，或顾盼生姿，为此人们采用各种鲜花保鲜措施，想留住其美妙绝伦的姿色，延长观赏的时间，但"花开终有花落时"。而干花和人造花自然，适应性强，耐长期摆放，并有其独特的美感，因此，它们也愈来愈广泛地应用到插花作品中，成为现代居室装饰的新宠儿。

干花、人造花制作的插花作品具有如下特点：

（1）干花和人造花不需用水养，可以插于各类容器中，用砂、砾石、玻璃珠或干花泥作固定，或利用工艺品之类的附属品进行装饰，可免除花材更换与保鲜的烦劳，更不会引起水质污染，既清洁卫生，又省事方便。

（2）用干花，特别是用人造花制作插花作品时，可任凭自己的爱好，灵活造型，便于弯曲，因此，在插制时相对显得容易些。

（3）可同鲜花一起插制，以克服反季节某些花卉不足和欠缺的困难。

（4）干花和人造花可以不用花器，而直接布置于各式各样的器物上，广泛用于室内装饰的每一个方面。例如，可将干花和人造花扎成各种各样的花束，置于门上、窗口、吊顶上，贴在墙上、橱门上或镜框上，使其产生特殊的韵味，以丰富室内装饰和美化环境的手法。

92. 如何制作干花？

由于制作干花时，需干燥的时间越短，就越能保持花材原来的色彩，因此，鲜花材的选择应当十分慎重，尽可能采用纤维较多或花瓣、枝、叶水分较少的种类，如千日红、麦杆菊、勿忘我、情人草、狗尾草、霞草等。

制作干花的方法很多，有世界上最先进的微波干燥技术，冰冻或真空干燥方法，也有工艺复杂的传统干花生产技术，这些都是需要一定的设备与技术，插花爱好者一般难以做到。而悬吊自然干燥法则是最易学最易做的，其具体做法如下：根据上述采摘花材的要求，将收集到的花材的茎，按使用时整体设计需要切成所需的长度，再除去90%左右的叶片和多余的枝条，使干燥的水分大大减少，此对促进干燥过程及保存自然色彩会起很大的作用。

为吊挂方便，用绳子将上述整理好的花材扎成束，每束一般2～3朵花，如果花朵较大，可一束只有一朵花。然后将其悬挂起来，悬挂的地点应选择在水分能蒸发比较快的地方，如室内空气流通处或暖气管道附近。避免挂在窗口、窗边，因下雨时易受潮，或直接受到阳光照射，使花枝损伤；也要避免贴附在墙上，因这样空气流通不佳，使花枝原色彩遭受破坏，影响插花效果。

鲜花材彻底干燥后，应防潮，可贮藏在盒子或玻璃罩内，再挂起来备用。

93. 插花在客厅装饰中应掌握哪几项原则？

客厅是接待、团聚、休息、议事等多功能活动的场所，也是主人向外界展示自己职业、性格、情趣、修养的主要场所。"宾至如归"是客厅的追求目标,典雅大方是客厅的主要特点。

插花是供人观赏的,但在大多数场合下插花是以点缀环境的装饰品出现的,因此应考虑插花与客厅环境相和谐。

(1)风格统一。插花所选用的花卉、容器等材料的风格,应与客厅的风格相协调,只有这样才能显示出和谐美。例如,中式古老的建筑,中式家具及装饰物,应选用姿态蟠曲、清秀雅致的松、梅、菊、竹、兰等为花材,以及古朴的陶瓷或铜制花瓶等容器,以东方式插花型式插制,并用中国字画作背景,就能达到和谐统一的效果。

(2)比例适度。比例和尺度是一切造型艺术构图的基本要素。比例适度显得真实,给人以愉快、舒适的感觉。所以在客厅空间小的情况下,应充分发挥花卉个体美、造型姿态美和线条美。如客厅开敞、空间大,一般插花体量应大,以显示花卉的群体美、色彩美,表现出雍容华贵的气魄。

(3)色彩协调。插花在客厅装饰中,花卉的色彩要根据客厅环境色彩及采光条件等,从整体上综合考虑,营造出色彩和谐,具有吸引力的客厅环境。一般在花材色彩选择中,应以客厅色彩为基调,与基调色既成对比,又协调统一。在采光条件较好的情况下,还可选择与基调色相类似的色彩,效果也不错。

此外,色彩选择还应与季节、时令相协调,冬季多用暖色调花卉;夏季多用色彩淡雅或表现水景的花卉,使人感到清凉爽快。当然,在特殊的日子里,花卉的选择还应与特殊日子的内容、气氛相协调。

(4)摆放位置。插花在客厅中摆放的位置,应不妨碍人们的行动,不遮挡视线,占空间不占面积,同时摆放高度应使作品的"兴趣中心"正好处于视觉中心。

94. 卧室插花应突出什么特点？

卧室是休息、睡眠的地方，它的环境对于人们的生活有极大的影响，因为人的一生有⅓左右的时间是在睡眠中度过的。因此，装饰卧室的插花风格应与宁静、温馨、休闲、舒适的气氛相统一。

卧室色彩一般以冷色调为好，花材应选择质地柔软、轻而细的为宜；色彩力求淡雅，稍具清香；造型稳中求动，显示缓和的曲线美。

由于卧室空间有限，插花应突出小而精的特点。它可放于梳妆台，或角隅处的三角架上，或窗台及茶几、矮柜上，还可制作挂吊式插花作品挂在适当的地方。

卧室主人一般比较固定，或是夫妻，或是老人，或是儿童，由于他们的年龄、经历、爱好不同，所以，插花作品的特点应有所侧重。

老人卧室，为突出清新、淡雅的特点，应选择具有清香、色彩淡雅的草本或木本花卉，配叶以松、竹、万年青为佳，以表示对老人平安长寿的祝福，或插些老人平时喜欢的花卉，造型以稳为妥。当然还应视各人的性格，不必刻求统一形式。

儿童、青少年卧室，突出鲜艳色彩的特点，造型要活泼有趣，富于变化，且有个性。选择花材的面要广，从中开拓他们的视野，了解美好的大自然，并借花拟人、借花育人（如学习松、竹、梅、兰、菊、荷等的高尚情操）。

夫妻卧室，以香为主，突出温馨，花色红白相间，两两相随，高低相衬，以示恩爱相亲、同舟共济。

95. 书房（工作室）中插花装饰有何特点？

在很多家庭，工作室多为书房，房中比较呆板的书桌、书橱、椅子，加上稠密堆积的书籍，大有浓郁的书卷气息。如在书房内有一二盆插花作品装饰，不但可以使静谧的空间具有生命力，而且还可调节视觉。

书房中插花应小巧、文雅，观叶花材多用吊金钱、文竹、万年青、蕨类等，观花花材多用淡色品种，如梅、兰、菊、水仙、桂花、石斛等，以利于形成宁静、娴雅的气氛，为学习、工作创造良好的环境。此外，同样可根据季节和个人的情趣来更换和丰富花色品种。

书房内插花的摆放位置应注意：在不妨碍学习工作的情况下，可在写字台前方左侧摆放；可摆在窗台上，或采用挂吊式插花，吊挂在窗口上；书架上或书橱顶上可放置小型下垂式插花；沙发间的茶几上可摆放礼仪式花篮，其形体不可太高大，因茶几上还会放有茶杯或饮料等，否则会影响宾主的视线；在书房面积不大的情况下，可利用墙面采用壁挂式插花。

书房内插花的装饰布置，不在乎多，而在乎简洁大方。以上5处可摆放的位置，最多选两处摆放插花，以免显得繁杂。

96. 餐室插花装饰有何讲究？

用餐是每个家庭生活中必不可少的活动。利用吃饭的时间，家人聚在餐室互相交流情感，共享家庭生活的乐趣。按中国传统习俗，餐室又是招待客人的地方，共同进餐是交往中的最高礼仪之一。因此良好的餐室环境，有利于增进食欲，融洽情感。

餐室环境要求卫生、舒适、美观，为此餐柜、餐桌可用插花作适当的装饰。餐柜顶插花形式视空间而定，空间宽敞的可以不等边三角形、扇形等形式插制，反之就插成下垂式。餐桌插花或插成小品，或插成球面型、平展型。如果花材不多，可利用水果和干花（人造花）来配合插制，有时会收到意想不到的效果。

餐室插花的花材应特别考究：色彩鲜艳，枝叶绝对不带病、虫害或异常颜色；具清香，忌异味，更忌带毒性的花、枝、叶、果；花随季节而变化，及时反映时令，让人赏心悦目，增进食欲；每一作品花材的花色、品种尽量弃繁求简，使人见后感到简洁明快、开心顺意；还应尽可能选择全家人共同爱好的花材。

此外，在空间条件较差的餐室，可利用挂吊式插花来装饰，但其一定要与壁画及其他装饰性陈列品在风格等诸方面取得和谐。

97. 怎样使厨房插花装饰更贴近生活？

厨房在现代生活中占有相当重要的位置。厨房内的锅、碗、瓢、盆，加上许多瓶瓶罐罐，灰尘油烟，使人感到单调、乏味。为改变其乱、杂的状态，在条理化整理的基础上，给予适当的插花点缀装饰，同样能收到美化效果，使人感到轻松愉快，可减轻厨事的疲劳。

厨房插花的容器随手可得，如鱼盘、菜篮子等。花材就利用采购回来的蔬菜、瓜果，如白菜、花菜、油菜花、葫萝卜、莴苣、茭白、菜瓜、西红柿、辣椒、茄子等。只要稍加设计，这些蔬菜、瓜果摆放疏密有致和富有层次，红、白、绿、黄等色彩相互搭配，定能创造出一幅幅别具一格、富有情趣，且贴近生活的美好画面。这就是盛物插花在厨房插花中的应用。

厨房内多有壁橱、电冰箱、消毒橱等，橱顶就是插花最好的摆放之处。另外，橱房的墙面多贴有白瓷砖，如将绿叶和红果（如葡萄）插成壁挂式插花，形成青翠欲滴的画面，就会更加夺目、耀眼。至于壁挂容器，除篮子外，还可利用准备丢弃的塑料油瓶、可乐瓶、洗洁精瓶等进行改制。

在远离炉灶的窗口上，还可插制悬吊式插花，花材多用吊兰、鸭趾草、天门冬、黄金葛等。

98. 卫生间插花装饰如何与环境特点相适应？

在室内插花装饰中，卫生间常常被忽视。随着生活水平的提高，观念的转变，人们对卫生间的装饰要求也越来越高。卫生间设备一般由浴盆、便器、洗脸盆等部分组成，其环境与其他室内环境比较有明显的差异，且温度和湿度较高，光线不足。因此，用插花装饰卫生间时，花材多选择蕨类植物和热带观叶植物，因为它们对温度、湿度较高及光照不足的条件能更好地适应，而且其叶片本身的色彩和形态就十分美丽，如若加上色彩淡雅（如白色、米黄色、淡紫色）的花枝，形成整洁、安静、舒适的格调，对消除疲劳、增加活力，定会取得较好的效果。

一般家庭卫生间的面积都不大，做特殊装饰的不多，但如果在台面上、窗台上、贮水箱上，或在壁上和小壁橱门的边角上，用二三片叶子，一两朵花插制小品，稍加装饰定会打破这沉寂的空间，顿时感到活跃起来，而且清爽和洁净多了。

卫生间的插花容器也可就地取材，可将各种洗发水、沐浴液的瓶子稍加修剪即可使用，并且还能独具特色地反映出卫生间的功能。当然，在具体布置时，应注意不要妨碍盥洗的行动。

99. 盆艺插花在阳台植物装饰中应注意什么？

阳台植物装饰不仅能使室内获得良好的景观，而且也丰富了建筑立面造型，美化了城市。阳台一般都在较高的地方，面积小，空间也小，空气较干燥，光照强烈。夏秋日照长，吸热多，散热慢，蒸发量大；冬季风大，寒冷，花木易受冻害。基于这些情况，阳台上采取盆艺插花装饰最合适。可根据阳台的朝向及生态因素变化的特点，有选择性地对一年四季不同时期开花的花木进行艺术组合，使它们和谐相处，互惠互利，形成统一的整体。平时只要进行小调整，补充些特别喜爱的鲜切花，基本上可以做到日新月异。

阳台盆艺插花优点多，可充分利用盆栽花木，可反复验证各种花木的生长习性，其变化多，观赏及美化效果好，且季节性强，能适应生态因素的变化，同时又节省开支。阳台盆艺插花应注意病虫害防治，每种花木之间要留有余地，使其能充分伸展。同时注意层次，适当分类，保持重心，使之花样不断更新。

盆艺插花是栽培技术与艺术装饰的结合，它没有既定的模式，可根据具体的环境条件，植物生长习性和主人的爱好来确定布局。

100. 不同节庆时插花，对花材选用有何不同的要求？

节庆虽多，但大都带有喜悦、欢快、温馨、怀念之感，中国传统的三大节——春节、中秋节和端午节也是如此。所以节庆用插花装饰时，寓意美好的花材均可采用。但各节庆毕竟含意有所不同，因此，往往在花材选择、应用上也有所区别，以突出或象征其主要的内涵。

（1）春节插花时，除选用大量的红色月季、洋兰、各色百合烘托传统大节的热烈、喜庆气氛外，还常用长青、不畏严寒与酷暑的松、柏类枝条作配叶，同时还以"福"字、灵芝、鞭炮作为配件，预祝来年合家幸福、健康，万事如意。

（2）中秋节是团圆节，月圆人团圆，是家人共赏明月、月饼、桂圆极其温馨的节日。插花意境应突出秋意和团圆，所以多选用芒草、稻穗或其他成熟的穗状果实以表示秋天的景色，百合花也是少不了的花材，另加月兔或月亮模型配件作背景，更能突出浓烈的节日气氛。

（3）端午节是纪念日，按习俗门口要挂艾草、菖蒲以驱邪，还要喝雄黄酒，吃粽子，举行划龙舟比赛。插花花材以唐菖蒲、鸢尾、百合等为主，配件有粽子、香囊、小酒罈等。如果以龙舟模型作容器，配以水烛或水烛叶来表现水景，并以百合的花苞形象地表现出桨的形态。

（4）圣诞节插花时，常用拐杖和圣诞圈为主加以设计，花材多用圣诞花和麦穗，圣诞老人也常用作配件。插花作品构图多用不等边三角形，线条应灵活多变。

（5）母亲的恩情是每一个身为子女的人所深知的。母亲节这一天，多以康乃馨来表达对母亲真诚的敬意。所以，插制花篮或花束时，都以红色的康乃馨为主要花材，再配以贺卡和母亲喜爱的礼品。

（6）情人节花篮或花束的花材使用面非常广，从寓意来讲，月季、百合、情人草、火鹤花、勿忘我均很合适，也可选些情人爱好的花材，配件常用贺卡、心形模具和礼物。

（7）儿童节是孩子们特别高兴的日子，这一天充满了欢歌和笑语。插花花材应五颜六色，且体量小。插花底层多呈球面形，中层多有玩具（人物、动物）或棒糖，最上层为气球或航天模型。总体看其形式应活泼、多样，以适应儿童的心理要求。有时还直接选用文具（如笔筒、水彩盘、笔盒等）或玩具（如船、坦克、汽车、巨人鞋模型等）作插花容器，寓意好好学习，立志未来。

（闽）新登字 03 号

图书在版编目（CIP）数据

插花技艺 100 问/祝基群编. —福州：福建科学技术
出版社，2000. 5
（花鸟虫鱼问答丛书）
ISBN 7-5335-1649-4

Ⅰ. 插… Ⅱ. 祝… Ⅲ. 插花-基本知识
Ⅳ. S668.2

中国版本图书馆 CIP 数据核字（2000）第 12432 号

花鸟虫鱼问答丛书

插花技艺 100 问

祝基群

*

福建科学技术出版社出版、发行
（福州市东水路 76 号）
各地新华书店经销
福建省科发电脑排版服务公司排版
福州市东南印刷厂印刷
开本 850×1168 毫米　1/32　4.25 印张　26 插页　95 千字
2000 年 5 月第 1 版
2000 年 5 月第 1 次印刷
印数：1—5 000
ISBN 7-5335-1649-4/S・205
定价：15.70 元

书中如有印装质量问题，可直接向承印厂调换